Wer auch immer du bist

Zur Autorin

Bettina Mann, geboren 1969, lebt mit ihren Kindern in Stuttgart.

Berufliche Stationen

Studium an der Pädagogischen Hochschule in Ludwigsburg

Legast024ietherapeutin

Arbeitet seit 2000 an diversen Schulen im Raum Stuttgart.

»Wer auch immer du bist« ist ihr erster Roman.

Homepage: www.bettym.de

BETTINA MANN

Wer auch immer du bist

Roman

Bibliografische Information der Deutschen Nationalbibliothek:
Die Deutsche Nationalbibliothek verzeichnet diese Publikation in der
Deutschen Nationalbibliografie, detaillierte bibliografische Daten sind
im Internet über dnb.dnb.de abrufbar.

TWENTYSIX – Der Self-Publishing-Verlag
Eine Kooperation zwischen der Verlagsgruppe Random House und
BoD – Books on Demand

Satz, Herstellung und Verlag:
BoD – Books on Demand, Norderstedt
ISBN: 978-3-7407-1704-9

1

Sie stand vor dem Spiegel und zog einen Schmollmund. Auch wenn sie es nicht wahrhaben wollte, sie hasste ihren neuen Look! Ihre kurzen rotbraunen Haare standen ihr wild vom Kopf ab und schienen sich nicht bändigen zu lassen. In dem neuen eleganten Kleid, das ihr bis knapp über die Knie reichte, kam sie sich vor wie eine feine Dame, die ihre mondäne Erscheinung zur Schau stellen wollte. Nein, das war nicht sie – Rosalie Parker. Das passte nicht zu ihr. Eigentlich trug sie sonst fast ausschließlich Jeans, dazu ein Top, kombiniert mit verrückten Accessoires. Kein Wunder, dass sie sich nun sichtlich unwohl fühlte.

All das veranstaltete sie nur für ihn – den Mann, der sie vom ersten Augenblick an fasziniert, ja regelrecht gefesselt hatte. Sie hatte sich das nur angetan, weil er unlängst erwähnte, dass er Kleider und freche Kurzhaarschnitte überaus sexy fand. Sie sah noch einmal in den Spiegel. Dafür hatte sie nun also ihr Selbst aufgegeben! Sie wusste schon im selben Moment, als die Haare fielen, dass es ein Fehler gewesen war. Aber es war inzwischen wie eine Sucht, ihm gefallen zu wollen, und dagegen fühlte sie sich absolut machtlos.

Er war ein Mann, wie Rosalie ihn sich immer gewünscht hatte: groß, breitschultrig, dunkelhaarig. Außerdem hatte er beinahe ihre Lieblingsaugenfarbe: Blau – allerdings eher ein sattes Dunkelblau als ein leuchtend helles Stahlblau, wie sie es sich ausgesucht hätte, wenn sie hätte wählen dürfen. Er entsprach nicht unbedingt dem allgemeinen Bildnis eines Traummannes, aber das war ihr seltsamerweise von Anfang an egal gewesen. Dass seine Nase ein wenig zu groß war, spielte genauso wenig eine Rolle wie seine nicht zu übersehende Zahnlücke zwischen seinen oberen Schneidezähnen. Rosalie fand trotz allem, dass er anziehend aussah, und vor allen Dingen – und das war ihr das Wichtigste – wirkte er unglaublich männlich!

Wann immer sie in seiner Nähe war, spürte sie diese Überlegenheit, die er ausstrahlte. Sie konnte seinen maskulinen Geruch im Treppenhaus noch wahrnehmen, wenn er schon längst hinter seiner Wohnungstüre verschwunden war, und manchmal ließ es ihr dabei den Atem stocken. Wann immer Rosalie konnte, beobachtete sie seine kraftvollen Bewegungen bis ins kleinste Detail und hätte sich ihm am liebsten hingegeben. Doch dann schämte sie sich jedes Mal für ihre aufkeimenden tiefen Gefühle und verbotenen Gedanken, die schon beinahe in Begierde umschlugen.

Das alles wäre ja noch gar nicht so schlimm gewesen, wäre da nicht die Tatsache, dass er bereits eine Freundin hatte.

Jonathan Ties war 37 Jahre alt und wohnte direkt nebenan. Vor einigen Monaten war er dort eingezogen – damals noch als Single. Seine Wohnung war, ähnlich wie Rosalies, eine zwar renovierungsbedürftige, aber praktisch geschnittene Zweizimmerwohnung mit einem kleinen Balkon, der zur Straße hinausführte. Rosalie konnte, wenn sie selbst draußen war, direkt zu ihm hinübersehen.

Genauso hatten sie sich auch kennengelernt. An einem der ersten Frühlingstage des Jahres, als sich Rosalie mit einer Tasse Kaffee und einem guten Buch auf ihren Balkon setzte, hörte sie den neuen Nachbarn durch das offene Fenster fluchen. Ihm war ganz offensichtlich etwas zu Bruch gegangen, denn der Klang von zerspringenden Scherben war ihr wohlbekannt. Ihr selbst passierte das so ungefähr dreimal die Woche. Das lag an der deutlich zu kleinen Küche, in der man nicht einmal genügend Platz hatte, sich umzudrehen, ohne mit dem Ärmel an unaufgeräumtem Geschirr hängenzubleiben und es zu Boden zu reißen. Ihr Fazit war also, die Küche stets unverzüglich in Ordnung zu bringen, um nicht doch noch Opfer ihres Chaoshaushaltes zu werden.

Rosalie musste unwillkürlich lächeln, als sie diese allzu vertrauten Geräusche aus der Nachbarwohnung vernahm. Sie beugte sich über die Brüstung und rief: »Hallo? Brauchen Sie eventuell die Unterstützung meines Hightechstaubsaugers?«

Zunächst schob sich ein wuschliger Kopf durch die Balkontüre, dann kam der Rest des erstaunt dreinblickenden Mannes zum Vorschein. Als er Rosalie direkt gegenüber erspähte, breitete sich auf seinem gerade noch genervten Gesichtsausdruck ein kleines schiefes Lächeln aus.

»Guten Morgen! Sie sind also meine Nachbarin. Ich bin Jonathan – Jonathan Ties, ihr Hauszuwachs.« Er lachte. »Tatsächlich bin ich erst gestern hier eingezogen und hatte noch keine Gelegenheit, mich vorzustellen.« Er zögerte einen Moment, dann breitete sich ein Grinsen auf seinem Gesicht aus. »Die Sache mit dem Staubsauger klingt gut. In all dem Durcheinander von Umzugskisten würde es wahrscheinlich eine halbe Ewigkeit dauern, bis ich mein eigenes altmodisches Gerät gefunden hätte.« Das Wort »altmodisch« betonte er und zwinkerte ihr zu.

Rosalie legte ihr Buch zur Seite. »Ist gut, ich komme rüber!«

Kaum zwei Minuten später stand sie bei Jonathan in der Küche und half ihm das Chaos zu beseitigen.

»Ist aber auch verdammt eng hier«, meinte ihr neuer Nachbar und deutete auf die schmale Ablagefläche. »Da fragt man sich schon, wer so etwas konzipiert hat.«

Rosalie kicherte. »Du kannst dir sicher sein, wir haben hier im Haus alle schon einmal die gleiche Erfahrung gemacht und wenn es dich beruhigt – nicht nur einmal. Also, stell dich schon mal drauf ein, es wird vermutlich nicht das letzte Mal gewesen sein.«

Dass sie ganz selbstverständlich zum Du übergegangen war, schien Jonathan nicht im Geringsten zu stören. Im Gegenteil. Er nickte amüsiert und wischte noch einmal mit einem alten Lappen über den Fußboden.

»Nur schade, dass sich nun mein Frühstück verabschiedet hat.« Er blickte ein wenig niedergeschlagen auf den Müllsack, der neben ihm stand. »So ein leckeres Croissant zum morgendlichen Kaffee wäre schon eine feine Sache gewesen.«

Rosalie legte den Kopf schief und sah ihn an. »Also, falls du noch Hunger hast – ich hätte da noch einiges in meinem Vorratsschrank und ein Kaffee ist schnell noch einmal aufgebrüht.«

Er erhob sich und lächelte dankbar. »Ich glaube, du hast mir eben meinen Sonntagvormittag gerettet. Bist du vielleicht so etwas wie ein wandelnder Engel auf Erden? Erst der Staubsauger, jetzt ein zweites Frühstück – nein, eigentlich wäre es ja mein erstes.«

Sie zwinkerte ihm zu und bedeutete ihm, ihr in ihre eigenen vier Wände zu folgen.

Die beiden verbrachten einen sehr unterhaltsamen Vormittag. Jonathan erzählte von seinem Umzug und Rosalie schilderte das bunte Hausleben ausführlich, betonte aber, dass sie bisher mit ihren Nachbarn noch nicht so ganz warmgeworden war, außer mit der alten Dame, die unter ihr wohnte. Sie beschlossen, dies für die Zukunft zu ändern und ihr kleines Treffen bei nächster Gelegenheit zu wiederholen.

Als Jonathan gegangen war, spürte Rosalie ihr Herz heftig schlagen. Was passierte da gerade mit ihr? Sie spürte Emotionen in sich auflodern, die seit Ewigkeiten irgendwo begraben schienen. Das alles kam ihr äußerst beängstigend vor. Reflexartig versuchte sie ihren Verdrängungsmechanismus in Gang zu setzen. Schließlich kannte sie diesen Jonathan kaum – um genau zu sein erst seit knapp zwei Stunden. Wie konnte es sein, dass er gleich solche Gefühle in ihr auslöste? War sie nun schon so ausgehungert, dass sie sich dem erstbesten Typen, der ihren Weg kreuzte, an den Hals werfen wollte?

Gut, sie hatte bereits seit fast drei Jahren keine feste Beziehung mehr gehabt und während der ganzen Zeit auch nur ein einziges Techtelmechtel, das sie seitdem zutiefst bereute, aber es war eben nun mal nicht mehr rückgängig zu machen und sie war schließlich auch keine Heilige.

Dennoch war dies alles doch kein Grund, nun so gefühlsduselig zu werden. Sie musste schleunigst einen kühlen Kopf bekommen.

Wie benebelt drehte sie sich im Kreis und ihre Gedanken mit ihr.

Da blieb nur eines: Hausarbeit! Je mehr, umso besser. Sie machte sich tatkräftig an die Arbeit. Vielleicht wäre die Sache ja doch noch zu etwas nütze!

2

In den kommenden Wochen trafen sie sich immer öfter. Nach der Arbeit oder am Wochenende frühstückten sie gemeinsam und manchmal gingen sie sogar abends aus. Rosalie zeigte Jonathan die schönsten Fleckchen der Stadt und nahm ihn sogar das ein oder andere Mal mit zu Freunden, mit denen sie sich gelegentlich traf. Manchmal fragte sie sich, ob da nun eigentlich mehr zwischen ihnen war als nur eine Nachbarschaft: eine sich langsam entwickelnde Beziehung, ein zartes Pflänzchen, das jeden Tag ein winziges bisschen wuchs und gedieh und irgendwann zu voller Blütenpracht erstrahlen würde.

Wenn sie ganz ehrlich war, wünschte sie sich nichts lieber als das.

Umso schmerzlicher hatte es sie getroffen, als er eines Morgens auf ihr Klingeln hin die Tür öffnete und Rosalie auf dem Sofa eine hübsche junge Frau im Morgenmantel erblickte.

»Hallo, Jonathan. Ich, wollte dich, … also ich …«, begann sie zu stammeln, »ich wollte dich eigentlich nur fragen, ob du Lust hättest, eine Tasse Kaffee mit deiner Lieblingsnachbarin zu trinken?« Dass das Frühstück mit ihm am Wochenende für sie schon beinahe eine obligatorische Verabredung war, erwähnte sie nicht. Stattdessen zog sie ein etwas gequältes Lächeln, während ihre Augen die schöne Unbekannte im Hintergrund musterten.

Jonathan druckste ein wenig verlegen herum, erwähnte etwas von einer kurzen Nacht und entschuldigte sich, dass er ihr gemeinsames Frühstück vergessen hatte. Ein wenig unentschlossen fuhr er sich durchs Haar und wich ihrem Blick aus.

Rosalie murmelte ein »Ist schon okay« und drehte sich hastig um, bevor er die Tür hinter sich schloss. Als sie in ihre Wohnung zurückkehrte, stellte sie sich vor, wie er mit dieser Blondine nun genau das tat, wovon sie selbst seit ihrer ersten Begegnung mit ihm jede Nacht träumte.

Dieses Leben war wieder einmal so ungerecht, als würde es sie bestrafen wollen für eine Schuld, von der sie gar nichts wusste.

Die Tage vergingen und Rosalie tat alles dafür, Jonathan nicht mehr begegnen zu müssen. Im Büro schüttete sie sich mit Arbeit zu und wann immer sie zu Hause war, beschäftigte sie sich, telefonierte, putzte wie eine Irre – schließlich hatte dieses Ablenkungsmanöver ja schon einmal geholfen – und vermied es tunlichst, einen Fuß auf ihren Balkon zu setzen, denn die Gefahr, ihn dort an einem lauen Sommerabend bei einem Glas Bier oder Wein anzutreffen, war leider groß; so groß, dass sie bereits zu zittern begann, wenn sie nur daran dachte. Das größte Übel dabei wäre, nicht nur ihn in ihr Blickfeld zu bekommen, sondern sein Anhängsel, wie Rosalie Jonathans neue Freundin heimlich nannte, gleich mit.

Letztlich wusste sie natürlich nicht wirklich, ob die junge Frau in enger Beziehung zu ihm stand, vielleicht war es ja auch nur eine harmlose Affäre oder die Freundin eines Freundes, die bei ihm Unterschlupf gesucht hatte. Es gab sicherlich eine Unzahl an Erklärungsmöglichkeiten – am liebsten wäre es ihr gewesen, es wäre seine Schwester, die vorübergehend bei ihm einziehen musste, weil ihr grässlicher Freund sie betrogen oder verlassen hatte. Dass eine solche Geschichte nur Wunschdenken war, war Rosalie zu jeder Sekunde bewusst. Diese Idee war geradezu lächerlich, aber sie war eben ein letzter Versuch, die heile rosa Welt zu erhalten, die sie sich in den vergangenen Wochen aufgebaut hatte.

Gedankenverloren nahm sie die Post zur Hand, die sie kurz zuvor aus ihrem Briefkasten genommen hatte und sah sie der Reihe nach durch. Werbung, Werbung und nochmals Werbung, dann noch eine Benachrichtigung ihrer Bank und … ja, da war noch ein Brief, adressiert an R. Parker von einer gewissen L. Maria Talhoff. Wer mochte das sein?

Sie ging im Kopf sämtliche Namen aus ihrem Geschäfts- und Privatleben durch, doch ohne Erfolg. Der Name war ihr gänzlich unbekannt.

Rosalie holte den Brieföffner von ihrem Schreibtisch und machte den Umschlag vorsichtig mit einer gekonnten Handbewegung auf. Sie zog den Brief heraus und entfaltete ihn.

Hallo, Robert,

es muss nun schon bald zwei Jahre her sein, dass wir beide uns das letzte Mal gesehen haben. Neulich habe ich ein paar Fotos von uns in Händen gehalten und darüber nachgedacht, wie schade es wäre, wenn wir uns einfach so aus den Augen verlieren würden. Schließlich haben wir beide schon eine Menge zusammen erlebt. Als Du damals aus Schotten weggezogen bist, hat mich das hart getroffen. Die gemütlichen Abende in unserer Dorfkneipe vermisse ich seitdem ebenso wie unsere Spaziergänge, bei denen Du mir so viel Wissenswertes über Deine neuesten beruflichen Fortbildungen erzählt und mich damit selbst auf interessante Ideen gebracht hast. Es würde mich interessieren, was aus Dir und Deinem Leben geworden ist. Ich hoffe, es ist kein schlechtes Zeichen, dass du dich so lange nicht mehr gemeldet hast.

Es wäre schön, wenn wir uns einmal wieder treffen könnten.

Viele Grüße
L.M. Talhoff

Rosalie schob den Brief zurück in seinen Umschlag. Ganz offensichtlich handelte es sich hierbei um eine Verwechslung. Nicht Rosalie Parker, sondern Robert Parker hätte den Brief erhalten sollen. Sie besah sich das Kuvert noch einmal genauer. R. Parker. Liebigstraße 15 in Frankfurt. Das war eindeutig ihre Anschrift.

Wie konnte das sein? Sie drehte den Brief in ihren Händen und überlegte. Vielleicht war die Absenderin nur im Besitz einer unvollständigen Anschrift ihres Adressaten. Sie kannte offenbar lediglich seinen Namen und den Wohnort und hatte sich über das Telefonverzeichnis die vermeintliche Adresse herausgesucht. Rosalie selbst hatte bei ihrem Eintrag ins örtliche Telefonbuch ihren Vornamen tatsächlich nicht ausschreiben lassen. Sie fühlte sich sicherer, wenn nicht jeder auf den ersten Blick ihre Identität kannte. Alleinstehende Frauen waren ja leider nicht selten Opfer von Telefonterror. Sie nickte bestätigend. So und nicht anders musste es gewesen sein. Jedenfalls fiel ihr keine andere vernünftige Erklärung ein. Sie legte den Brief zur Seite und dachte kurz darüber nach, ihn an die Absenderin zurückzuschicken.

Sie stellte sich vor, wie die Frau, die sich hier offensichtlich sehr viel Mühe gemacht hatte, einen Kontakt wiederherzustellen, der vermutlich schon seit längerem auf Eis lag, erwartungsvoll zu Hause saß und auf Antwort hoffte. Rosalie dachte an Jonathan und rümpfte die Nase. Das bringt doch sowieso alles nichts. Am Ende sind doch immer die Ehrlichen und Netten die Dummen! Verärgert knüllte sie den Brief zusammen und warf ihn in den Papierkorb. Sie würde dieser Maria vermutlich einiges an Leid und Ärger ersparen, wenn sie das Schreiben einfach auf sich beruhen lassen würde. So konnte diese Frau dann wenigstens noch eine Weile von ihrem Liebsten träumen und im Zweifelsfall annehmen, den Brief doch falsch adressiert zu haben. Hiermit schien die Sache für Rosalie beendet. Doch es kam anders.

Drei Wochen später fand Rosalie erneut einen Brief von L. Maria Talhoff in ihrem Briefkasten. Diese Frau schien nicht so schnell aufzugeben. Rosalie wurde neugierig und öffnete den Umschlag noch im Treppenhaus.

Hallo, Robert,
nachdem ich Dir vor einigen Wochen schon einmal geschrie-
ben, aber seitdem noch nichts von Dir gehört habe, gibt
es wohl nur zwei Möglichkeiten, warum ich noch keine
Antwort erhalten habe. Erstens, du wohnst nicht in der Lie-

bigstraße 15 und scheinst innerhalb der letzten zwei Jahre Frankfurt verlassen zu haben, oder Du bist auf Reisen. Möglichkeit Nummer drei – Du hattest bis dato keine Zeit und/oder Lust, Dich bei mir zu melden – lasse ich nicht gelten. Und die Briefträger sind derzeit ja auch nicht auf Streik, was Möglichkeit vier ebenfalls ausschließt. Solltest Du also demnächst von Deiner Reise zurückkehren, dann melde Dich doch bitte bei mir. Es gibt da so einiges zu erzählen. Ich denke, das dürfte selbst Dich interessieren.
Bis dahin viele Grüße
L.M. Talhoff

Ganz schön direkt, die Dame, dachte Rosalie. Sie scheint nicht gerade zimperlich zu sein. Aber gut, dann weiß man wenigstens, woran man ist und bekommt ehrliche Fragen und Antworten.

Etwas ungeschickt steckte sie den Brief zurück in seinen Umschlag und schmunzelte. Na ja, so viel Hartnäckigkeit musste eigentlich belohnt werden. Sie schloss die Wohnungstüre auf, zog ihre Schuhe aus und warf den Brief auf den Küchentisch.

Der Tag war anstrengend gewesen. Das Telefon bei der Arbeit hatte nicht stillgestanden und die Kunden waren derzeit extrem ungeduldig – dazu noch ein ständig quengelnder Chef! Wer sollte das auf Dauer aushalten? Ihr wurde wieder einmal bewusst, dass sie die Stelle bei Morano Industries eigentlich schon lange wechseln wollte. Entweder sie bekam intern einen neuen Arbeitsplatz oder sie musste den Gedanken über einen Wechsel zur Konkurrenz endlich weiterdenken und die Sache dann auch tatkräftig angehen.

Sie angelte aus dem Küchenschrank ein Weinglas und holte aus dem Regal das Fläschchen Merlot, das sie bereits am Vorabend geöffnet hatte. Nachdem nun Jonathan kaum noch bei ihr vorbeischaute, musste sie wohl oder übel ihre Weinvorräte selbst vernichten. Selbstverständlich würde sie sich niemals aus Frust betrinken. Das war schließlich kein Mann wert! Sie wollten doch sowieso alle nur *das eine*! Um Rosalies Mund machte sich ein verächtliches Lächeln breit. Nein, das war wohl nicht ganz korrekt. Er hatte nicht einmal *das eine* von ihr gewollt. Jonathan wollte eben nur *die eine,* und die hatte er ja jetzt. Was brauchte er da noch eine nette Nachbarin, mit der er seinen Feierabend oder gar sein Wochenende gestalten konnte? Sie war wieder mal völlig überflüssig.

Aufgewühlt trank sie das Glas zu schnell aus und goss sich noch einmal nach. Um nicht ganz auf leeren Magen zu trinken, griff sie nach ein paar Salzstangen, die in einem Becher auf der Anrichte standen. Dann setzte sie sich an den Küchentisch und nahm noch einmal den Brief zur Hand, den sie vorher dort abgelegt hatte. Die Buchstaben verschwammen vor ihren Augen, aber sie erinnerte sich noch gut an die Zeilen, die sie kurz zuvor gelesen hatte.

Nachdem sie auch das zweite Glas geleert hatte, fällte sie einen Entschluss.

Sie würde dieser Maria Talhoff dann wohl doch einmal reinen Wein einschenken müssen, wenn nicht noch weitere Briefe an Robert Parker bei ihr ankommen sollten. Ihr Liebster schien sich aus dem Staub gemacht zu haben. Sie lachte auf. Dann bekam ihr Blick etwas Melancholisches. Nein, es tat ihr durchaus leid, dass sie der Dame die Illusionen zerstören musste – aber wenigstens war sie darin schon geübt.

Rosalie setzte sich an den Schreibtisch und kramte in der Schublade nach einem Stift. Es fiel ihr nicht ganz leicht, einen passenden Anfang zu finden. Wie sagt man jemandem, den man gar nicht kennt, dass nun bereits der zweite Brief falsch zugestellt wurde und der erste gar in den Mülleimer gewandert war? Nun ja, das musste sie ja so ausführlich nicht schreiben. Sie konnte ja einfach nur ganz sachlich zwei oder drei Sätze aufs Papier bringen und die Sache richtigstellen. Nach kurzer Überlegung schrieb sie:

Sehr geehrte Frau Talhoff,

Kaum geschrieben, strich sie die Zeile wieder durch. Nein, das war wirklich unpassend und viel zu förmlich. Sie begann von neuem:

Liebe Frau Talhoff,
es tut mir leid, Ihnen mitteilen zu müssen, dass Sie Ihre Briefe an eine falsche Adresse geschickt haben.

Wieder hielt sie inne. Ihr schwirrte der Kopf, aber sie nahm noch einen Schluck und fuhr fort:

Leider kann ich Ihnen nicht weiterhelfen, denn einen Robert Parker kenne ich nicht, und wenn Sie einen guten Rat von mir beherzigen möchten: Lassen Sie das lieber mit den Männern!

Den letzten Satz strich sie ganz – so, wie der Brief jetzt schon aussah, würde sie das alles nochmals ins Reine schreiben müssen. Sie nahm den Stift noch einmal zur Hand und schrieb stattdessen:

Falls ich Ihnen einen Rat geben darf: Einen Mann, der selbst nicht die Initiative ergreift und sich nicht um die Frau bemüht, die sich ganz offensichtlich für ihn interessiert, den können Sie meistens gleich in der Pfeife rauchen!

Zufrieden lehnte sich Rosalie zurück. Ja, das musste sie einfach noch loswerden! Man konnte diese Frau ja schließlich nicht ins offene Messer laufen lassen.

Sie fügte noch eine abschließende Grußformel an, faltete den Brief danach zweifach und steckte ihn in ein passendes Kuvert. Glücklicherweise hatte sie auch noch eine Marke zur Hand. So musste sie deshalb nicht extra auf die Post. Das Ganze kostete sie schon Mühe genug.

Da sie sowieso nichts Besseres zu tun hatte, beschloss sie einen kleinen Abendspaziergang zum Briefkasten zu machen.

Eine gewisse Zufriedenheit machte sich in ihr breit, nachdem sie den Brief eingeworfen hatte und versöhnte sie mit ihren aufgewühlten, wenig positiv gestimmten Gedanken.

Das Licht bei Jonathan war schon aus, oder vielleicht war es auch einfach nicht an, weil er noch gar nicht zu Hause war. Oder noch schlimmer: Es war deshalb schon wieder aus, weil er mit seiner Liebsten Dinge tat, die sie sich nicht wirklich im Detail vorstellen wollte.

Zurück in der Wohnung schaltete sie den Fernseher an, weil sie sonst nicht wusste, was sie tun sollte. Sie war nicht einmal in Stimmung, mit ihren beiden engsten Freundinnen Lynn und Tizia zu telefonieren. Wahrscheinlich war sie auch zu betrunken für ein vernünftiges Gespräch. Was sollte sie ihnen auch erzählen? In all der Zeit, seit sie ihr Herz an Jonathan verloren hatte, hatte sie den beiden nicht mit einer Silbe von ihren Gefühlen für ihn erzählt. Immer wieder hatte sie sich seitdem gefragt, woran es wohl lag, dass sie es einfach nicht fertigbrachte, mit irgendjemandem über Jonathan zu reden. Und Lynn und Tizia waren ja auch nicht irgendjemand. Die beiden waren wirklich tolle Freundinnen und durchaus vertrauenswürdig. Es lag sicherlich nicht an ihnen. Das wusste Rosalie. Das Problem musste irgendwo tief in ihr selbst liegen. Dabei wäre es so einfach.

Sie seufzte schwer und versuchte sich auf den Film zu konzentrieren. Wenn sie ehrlich war, hatte sie keine Ahnung, was da gerade lief und es war ihr auch egal. Es ging ihr nur darum, die Stille in ihrer Wohnung zu besiegen und dabei ein bisschen Ablenkung zu erfahren. Der Plan ging mehr als auf. Bereits eine halbe Stunde später war sie eingeschlafen.

3

Geweckt durch die Sonnenstrahlen, die durch ihr kaputtes Rollo zu ihr durchdrangen, quälte sich Rosalie aus dem Bett. Es war zu spät, um noch einmal einschlafen zu können, aber zu früh, um den Tag schon voller Elan zu beginnen. Glücklicherweise profitierte sie an solchen Tagen von ihren flexiblen Arbeitszeiten und konnte sich genügend Zeit lassen, um sich in Form zu bringen und die Spuren, die der gestrige Abend auf ihrem Gesicht hinterlassen hatte, zu beseitigen. Sie setzte sich einen starken Kaffee auf und steckte zwei Scheiben Brot in ihren Toaster. Während sie frühstückte, ließ sie den vergangenen Abend noch einmal Revue passieren. Es wurde ihr ein bisschen Übel, als sie die leere Rotweinflasche auf der Spüle stehen sah. Und da war doch noch die Sache mit dem Brief gewesen. Oje, hatte sie diesen Brief an Frau Talhoff tatsächlich abgeschickt und hatte sie die richtigen Worte gefunden? Sie hatte irgend so einen dämlichen Ratschlag mitgeschickt. Wie war das noch? *Falls ich Ihnen noch einen guten Rat geben darf, und so weiter ...*

Auweia, klang das nicht ein wenig zu altklug für jemanden, der gerade mal Anfang dreißig war? Und außerdem konnte sie doch gar nicht wissen, wie alt diese Talhoff war. Unter Umständen war sie schon längst jenseits ihrer romantischen Tage und könnte ihr eher umgekehrt ein paar Lebensweisheiten mit auf den Weg geben. Oder sie war ein ganz junges Ding – noch völlig unerfahren und hatte überhaupt keine näheren Absichten und sie – Rosalie – hatte da eine mögliche Liebesgeschichte hineininterpretiert, wo eigentlich gar keine war. Ihr wurde noch ein wenig übler. Aber eine Stunde später saß sie dann doch im Büro wie jeden Morgen und verrichtete pflichtbewusst ihre Arbeit.

»Ja, Lynn. Ich verspreche, ich werde am Wochenende mal wieder mit euch um die Ecken ziehen. Ich weiß, ich habe mich in letzter Zeit ein wenig rar gemacht, aber das hat nichts mit euch zu tun, ehrlich!«

»Hat das vielleicht irgendetwas mit einem männlichen Wesen zu tun, von dem wir noch nichts wissen?«, fragte Lynn scheinbar beiläufig.

Rosalie fühlte sich ertappt und reagierte prompt ein wenig zu schroff. »Nur weil ich mich mal ein bisschen zurückziehe, muss das doch noch lange nichts mit einem Typen zu tun haben.«

Sie hörte ein kurzes, aber schrilles Lachen am anderen Ende der Leitung. »Rosalie, ich bitte dich, niemand spricht hier von *ein bisschen zurückziehen*. Du hast dich in den letzten Monaten kaum bei uns blicken lassen, geschweige denn hast du uns erzählt, wie es in dir aussieht oder was dich bewegt. Es gab einmal eine Zeit, da hast du mit mir über alles geredet und mit Tizi vermutlich auch«, ein kurzes Schweigen machte sich zwischen ihnen breit, »und ausgehen magst du offensichtlich auch nicht mehr so gern wie früher. Da wird man ja mal noch nachfragen dürfen, ob alles in Ordnung ist.«

Lynn schien mit ihrer Strafpredigt fertig zu sein, denn

ihre Stimme klang sogleich etwas milder. »Mensch, Ro« – sie nannte sie immer so, wenn sie etwas bewirken wollte – »ich mache mir doch einfach nur Sorgen. Glaube mir, ich möchte lediglich wissen, dass es dir gut geht!«

Sie konnte ihren Freundinnen einfach nicht böse sein. Die beiden waren so etwas wie ihre persönlichen Schutzengelchen. Und die durften einem schon einmal eine Standpauke halten.

»Es ist wirklich alles in bester Ordnung, Lynn! Aber ich verspreche euch, am Samstagabend holen wir all das nach, was in den letzten Wochen und Monaten auf der Strecke geblieben ist.«

»Gut, dann treffen wir uns also um acht bei mir und überlegen dann, wohin wir gehen wollen!«

»Einverstanden. Bis dann.« Rosalie legte das Telefon beiseite und atmete tief durch. Irgendwann würde sie ihren Freundinnen reinen Wein einschenken müssen. Aber am Samstag wäre sicherlich nicht der richtige Zeitpunkt. Schließlich wollten sie sich endlich einmal wieder amüsieren gehen.

Der Samstag kam früher als erhofft. Rosalie stand vor ihrem Kleiderschrank und wusste nicht, was sie anziehen sollte. Eigentlich hatte sie unzählig viele Klamotten, die sie liebte, aber sie war heute in einer dermaßen seltsamen Stimmung, dass ihr die Wahl schwerfiel. Es war nicht so, dass sie schlecht gelaunt war. Auch hatte sie durchaus Lust, ihre beiden Freundinnen wiederzusehen, aber sich in Schale zu werfen, um männliche Blicke auf sich zu ziehen, war ein Gedanke, der momentan so weit weg war wie die Vorstellung, mit Jonathan doch noch auf wundersame Weise zusammenzukommen.

Das Schlimmste war, dass sie am Tag zuvor – sie konnte noch Überstunden abbauen und hatte deshalb leider noch Zeit gehabt, um auch noch die letzte dumme Idee umzusetzen – noch rasch beim Friseur war und sich ihre schöne lange Mähne hatte abschneiden lassen. Schmerzlich hatte sie ihre wunderschönen Locken fallen sehen. Die Strähnen lagen um sie herum auf dem Boden des Frisiersalons und schienen mit anklagendem Finger auf sie zu zeigen. Zu spät! Ab war ab und es würde mindestens zwei Jahre dauern, bis sie wieder annähernd so lang waren wie zuvor.

Noch immer stand sie ratlos vor ihrem Kleiderschrank. Sie griff sich in den Nacken, der die gewohnt weichen Strähnen vermissen ließ. Ärgerlich verzog sie den Mund. Wie man sich doch immer wieder den Wünschen der Männer anpasste, vor allem des einen auserwählten. Und weil Jonathan Kleider eben entzückend fand, hatte sie sich anschließend in der Stadt noch zwei gekauft. Eigentlich sahen sie ja ganz hübsch an ihr aus. Das hatte auch die Verkäuferin bestätigt, aber jedes Mal, wenn sie eines davon anhatte, fühlte sie sich nicht wie sie selbst. Offensichtlich war sie eben nicht der Kleidchentyp.

Rosalie warf einen sehnsüchtigen Blick zu ihren Jeans und dem Stapel Tops hinüber. Dann schlüpfte sie noch einmal in eins der Kleider und murmelte: »Jetzt habe ich euch schon gekauft, da muss ich euch notgedrungen auch ausführen.« Sie begutachtete sich noch ein letztes

Mal im Spiegel, rümpfte die Nase und musste darüber selbst so heftig lachen, dass sie ihren Anblick gleich gar nicht mehr als so schlimm und unnatürlich empfand. Noch einmal drehte sie sich hin und her, sodass das Kleid zu den Seiten schwang. Endlich machten sich zwei Grübchen auf ihren Wangen breit.

»Ich werde mich schon noch dran gewöhnen«, sagte sie laut zu sich selbst, »und außerdem möchte ich das Gesicht der Mädels sehen, wenn sie ihre Freundin in einem komplett neuen Look erleben. Die werden Augen machen! Allein das ist es doch wert!«

Lynn und Tizia kamen aus dem Staunen tatsächlich nicht mehr heraus. Sie waren mehr als überrascht ihre Freundin von Kopf bis Fuß verändert zu sehen. Aber sie kommentierten Rosalies Wandel sehr positiv, was Rosalie wiederum überlegen ließ, ob ihre Freundinnen auch meinten, was sie sagten. Möglicherweise hatten sie nicht genug Mumm in den Knochen, ihr die knallharte Wahrheit ins Gesicht zu schleudern und da wird dann schon mal aus einem peinlichen »Ich weiß nicht, was ich sagen soll« ein etwas zu dick aufgetragenes Lob.

Dennoch tat es ihr gut zu hören, dass sie sich offenbar nicht gar so sehr verunstaltet hatte, wie sie zuerst annahm, und die Sorge, sich nicht mehr aus dem Haus wagen zu können, fiel allmählich von ihr ab.

»So, Kinder, nun stoßen wir erst mal auf Rosalies neues Outfit an und dann schmieden wir Pläne für den heutigen Abend!« Lynn öffnete die Sektflasche und die Freundinnen prosteten sich zu. Sie beschlossen in eines der beliebten Tanzlokale der Stadt zu gehen und waren in ausgelassener Stimmung, als sie das Haus verließen.

»Ach, Mädels, wie ich das vermisst habe!« Tizia hakte sich bei Rosalie und Lynn unter, die sich durch den Pulk an Gästen schoben. Sie ergatterten einen noch freien Stehtisch in der Nähe der Tanzfläche und bestellten sich etwas zu trinken.

»Wisst ihr, wen ich letzte Woche im *Sunrise* getroffen habe?« Lynn hob ihr Sektglas an die Lippen und machte ein geheimnisvolles Gesicht. Rosalie und Tizia sahen sich fragend an.

»Ihr werdet's nicht glauben! Steven Gilbrecht!«

Ihre Freundinnen schienen noch immer auf der Leitung zu stehen.

»Ihr habt keine Ahnung, von wem ich spreche, oder?« Tizia und Rosalie schüttelten den Kopf.

»Na, *der* Steven eben oder besser gesagt Stevie – damals zwei Jahrgänge über uns. Mann, der Typ war so heiß!«

Das Unverständnis ihrer Freundinnen brachte Lynn beinahe auf die Palme.

»Mensch, Leute, das ist ja unfassbar, dass ihr das vergessen habt! Damals war doch wirklich alles, was weiblich war und zwei Beine hatte, in ihn verschossen.« Lynn verdrehte die Augen, um ihrer Fassungslosigkeit Ausdruck zu verleihen.

Tizia unterdrückte ein Glucksen. »Ach doch, ich glaube, jetzt weiß ich's wieder. Der, in den Rosalie bis über beide Ohren verknallt war, uiuiui!« Sie machte eine ausladende Geste und Rosalie wäre am liebsten im Erdboden versunken. Sie war gerade im Begriff alles abzustreiten, da ergriff Lynn noch einmal das Wort.

»Mach dir nichts draus! Du warst ja nicht die Einzige und außerdem sah er ja auch wirklich gut aus.« Dann wurde ihre Stimme schlagartig zu einem Flüstern: »Aber, so ganz unter uns; darf ich euch was verraten?«

»Na los, sag schon!« Tizia konnte ihre Neugier kaum verbergen und leerte ihr restliches halbes Sektglas in einem Zug.

»Ihr hättet ihn garantiert nicht wiedererkannt.«

»Ach, aber du natürlich als Einzige hast sofort gewusst, wer er war.«

»Nein, eben nicht! Es war reiner Zufall. Er war mit dieser unscheinbaren Brünetten aus unserer Parallelklasse unterwegs, und die hat mich angesprochen. Anscheinend habe ich mich nicht sonderlich verändert. Jedenfalls meinte diese Giulia, falls ihr euch noch an sie erinnert, sie hätte mich sofort erkannt. Tja, und dann sind wir ein bisschen ins Gespräch gekommen. Die beiden sind doch tatsächlich zusammen! Und er sieht ja jetzt so was von unscheinbar aus, das könnt ihr euch gar nicht vorstellen!«

Rosalie zog die Nase kraus. »Also ehrlich, Lynn! Für so oberflächlich hätte ich dich nicht gehalten.« Sie stupste ihre Freundin in die Seite. »Weißt du, in den nächsten Jahren werden wir alle noch Federn lassen!«

Die Freundinnen stimmten in ein riesiges Gelächter ein.

»Ich glaube, Mädels, es wird Zeit, das Tanzbein zu schwingen.«

Tizia hielt Lynn am Ärmel zurück. »Nein, warte! Zuerst müssen wir noch nach dem optimalen männlichen Objekt für unsere Rosalie Ausschau halten.«

»Was? Seid ihr von allen guten Geistern verlassen?«

»Nein, im Gegenteil. Wir sind die guten Geister und werden endlich das passende Deckelchen für unser niedliches Töpfchen namens Ro finden«, kicherte sie. »Und wisst ihr was? Ich glaube, ich habe es schon gefunden.« Sie zeigte mit dem Finger in Richtung Bar.

»Wow! Nicht schlecht!«, räumte Lynn ein. »Der würde mir auch gefallen!«

Rosalie schnappte nach Luft und versuchte ihre Sprache wiederzufinden.

»Es geht hier aber nicht um dich, Lynn Schätzchen, sondern um unsere *sweet Rosalie*!« Tizia wirkte auf einmal wieder sehr strukturiert. »Okay, also Leute, wer von uns quatscht ihn an und stellt den Erstkontakt her?«

»Das ist jetzt nicht euer Ernst, oder?« Aus Rosalies Blick ließ sich deuten, dass sie ihren Freundinnen am liebsten an die Gurgel gesprungen wäre. Als Lynn tatsächlich Anstalten machte, zu dem Fremden an der Bar hinüberzugehen, platzte Rosalie beinahe vor Scham und ergriff Hals über Kopf die Flucht nach draußen.

In dem schmalen Gang, der zu den Toiletten führte, blieb sie stehen und atmete erleichtert auf. Diese beiden verrückten Hühner konnten sie manchmal zur Weißglut bringen und ganz besonders, wenn sie gerade ihren mütterlich fürsorglichen Hormonschwankungen erlagen. Es war nicht das erste Mal, dass sich ihre Freundinnen um ihr Liebesleben sorgten – ganz offensichtlich mehr, als Rosalie es selbst tat. Es wurde wohl dringend Zeit, dass die beiden mal eigenen Nachwuchs in die Welt setzten, dann konnten sie ihr Löwenmuttergehabe endlich mal an passender Stelle ausleben.

Rosalie trat vor die Tür, um ein wenig frische Luft zu schnappen, dann würde sie überlegen, wie sie sich am unauffälligsten aus dieser Affäre ziehen konnte.

Der Himmel war klar. Der Vollmond tauchte die Nacht in ein angenehmes Licht. Rosalie fröstelte. Die abendlichen Temperaturen waren nicht mehr ganz so mild wie die Woche zuvor, aber das war nicht der einzige Grund, warum sie zitterte. Immer wieder standen ihr diese hinterlistigen Ängste im Weg und versuchten ihr den Spaß zu verderben. Was war so schwer daran, wieder hineinzugehen und sich einfach auf alles einzulassen, was auf sie zukam? Es könnte im schlimmsten Fall in einem dämlichen Gespräch enden, im besten Fall in genau der Beziehung, die sie schon lange suchte. Wenn … ja, wenn da nicht schon Jonathan wäre … Sie seufzte. Warum suchte sie sich immer das aus, was sie nicht haben konnte? Entmutigt zog sie ihre Jacke enger um die Schultern und nahm einen tiefen Atemzug. Was soll's! Sie würde jetzt einfach wieder hineingehen und sich auf dieses alberne Spiel einlassen. Man musste seine Ängste überwinden, indem man sich ihnen stellte. Sie drückte sich an einigen anderen Besuchern vorbei und marschierte zurück in Richtung Tanzsaal. Rosalies Blicke suchten nach ihren Freundinnen.

Schlagartig erstarrte sie. Sie sah durch die Menge der Tanzenden hindurch und konnte es kaum fassen! Da stand *er* – mit einem Glas Bier in der Hand –, aber natürlich nicht alleine. Sein Anhängsel war auch dabei. Wie hätte es auch anders sein können!

Rosalie schluckte schwer. Wie konnte es sein, dass sie ausgerechnet in diesem einen Schuppen landete, wo auch Jonathan sich herumtrieb? Wieder einmal haderte sie mit ihrem Schicksal. Da ging sie *einmal* mit ihren Mädels auf die Gasse und schon musste ihr das Leben diesen gemeinen Streich spielen. Der Einzige, den sie nämlich unter keinen Umständen sehen wollte, war *er* gewesen. Dagegen schien ihr die Alternative mit dem Fremden an der Bar ein Kinderspiel.

Nervös kaute sie an ihren Fingernägeln. Nun hieß es nur nicht gesehen werden! Aber wenn sie sich vorstellte, dass sie den restlichen Abend damit zubringen durfte, seinem Blick zu entgehen, verkrampfte sich ihr Magen aufs Empfindlichste. Am einfachsten wäre es, Lynn und Tizia zu überzeugen, dass sie ihren Abend anderswo fortsetzen sollten. Sie dachte angestrengt nach. Es gab noch einen beliebten Club am anderen Ende der Stadt, aber wie sollte sie ihren Freundinnen erklären, dass sie lieber dorthin wollte? Ansonsten gab es eine Reihe von Bars und Kneipen in der Gegend. Sie konnte also nur versuchen, die beiden dazu zu bewegen, das Tanzlokal gegen eine Bar zu tauschen. Wenn sie aber die Mädels so ausgelassen tanzen und lachen sah, hatte sie eher wenig Hoffnung, ihre Idee in Kürze umsetzen zu können.

Mit eher mulmigem Gefühl versuchte sie sich möglichst unauffällig durch die Menge der Tanzenden hindurchzuschieben. Inzwischen hatte sie ihm den Rücken zugekehrt. Mit den kurzen Haaren würde er sie vermutlich auf die Entfernung sowieso nicht erkennen. Als die Freundinnen Rosalie entdeckten, sprangen sie ihr entgegen und zerrten sie sofort auf die Tanzfläche.

Nach einer gefühlten Ewigkeit deutete Lynn an, sie bräuchte dringend eine Tanzpause. Am besten an der Bar bei einem weiteren Drink. Ein Blick über Tizias Schulter bestätigte, dass Jonathan ihnen noch immer mit seiner derzeitigen Flamme gegenüberstand.

Zögernd folgte Rosalie ihren Freundinnen. Als sie die Bar fast erreicht hatten, hielt sie Tizia am Ärmel fest und flüsterte ihr zu, sie müsse mal schnell einem inneren Bedürfnis nachkommen.

Tatsächlich machte sie sich auf den Weg zur Toilette, allerdings nicht ohne dabei in ihrem Kopf einen Plan auszuarbeiten, wie sie der unangenehmen Situation entkommen könnte. Und da hatte sie auch schon eine Idee. Wenn sie sogleich von der Toilette zurück wäre, dann müsste sie ihren Freundinnen ein wenig Theater vorspielen. Ihr wäre auf einmal ganz schwindelig und sie müsse unbedingt aus diesem überfüllten Tanzlokal heraus. Entweder Lynn und Tizia würden daraufhin anbeißen und selbst vorschlagen, irgendwo etwas trinken zu gehen, wo es etwas ruhiger war, oder sie selbst würde den Heimweg antreten, da sie ihren Mädels nicht den restlichen Abend verderben wollte. Sollten die beiden doch ruhig ihren Spaß haben! Für sie selbst war diese Nacht nun sowieso gelaufen. Sie sah sich schon den Tränen nahe in ihrem Bett liegen und kein Auge zumachen. Allzu sehr müsste sie sich sicherlich nicht anstrengen ihren Begleiterinnen etwas vorzutäuschen. Wenn sie ehrlich war, so war ihr tatsächlich schon ein bisschen übel und der Schwindel würde sicherlich auch nicht mehr lange auf sich warten lassen.

Sie spazierte gerade wieder durch die Toilettentür nach draußen ins Foyer und war im Begriff, sich auf den Weg zurück zum Tanzsaal zu machen, als sie hinter sich ihren Namen hörte.

»Rosalie? … Rosalie, bist du das?«, vernahm sie eine Männerstimme rufen.

Heiß und kalt durchfuhr es sie und für eine Millisekunde überlegte sie, ob sie einfach so tun sollte, als hätte sie nichts gehört. Allerdings war der Stimme schon die dazugehörige Person gefolgt und sprang ihr quasi direkt vor die Füße.

»Rosalie! Ich fass es nicht! Du bist es tatsächlich! Was ist denn mit dir passiert? Du siehst ja völlig anders aus! Ehrlich, ich musste zweimal hinschauen, um dich zu erkennen.« Jonathan grinste und hob, verwundert über Rosalies verändertes Aussehen, eine Augenbraue. Eine Geste, die Rosalie unter anderen Umständen echt sexy gefunden hätte.

Doch nun rutschte ihr einfach nur das Herz in die Hose. Na, das war ja mal wieder toll gelaufen! Sie hatte alles daran gesetzt, ihm nicht zu begegnen und nun hatte er sie unter all den Menschen doch erkannt. Und dann noch dieser blöde Kommentar! Den hätte er sich wirklich sparen können. Da wollte sie extra für ihn attraktiver sein und er brachte nur ein »Was ist denn mit dir passiert?« über die Lippen. Rosalie erstarrte zum zweiten Mal an diesem Abend. Sie blickte nervös auf ihre Schuhe und dann versuchte sie ihre Augen überallhin, nur nicht auf ihn zu richten, aber es half alles nichts. Ihr Selbstbewusstsein war dahin und sie brachte zunächst keinen Ton heraus.

Nach einer Weile stammelte sie dann etwas unbeholfen: »Ähm, ach ja, hallo übrigens … also ich brauchte einfach mal eine Veränderung. Ich dachte, das wäre mal was … anderes.« Puh! Sie hatte es geschafft, ihren angefangenen Satz noch halbwegs zu beenden.

»Ja, ist doch gar nicht so schlecht. Wobei ich dein langes Haar auch ganz hübsch fand.«

Jetzt hätte nicht viel gefehlt und sie wäre in Ohnmacht gefallen. Was hatte er da gesagt? Ihr langes Haar hatte ihm auch ganz gut gefallen? Hätte er ihr das nicht alles schon längst einmal sagen können?

So langsam stabilisierte sich ihr Kreislauf wieder und es machte sich eine gehörige Portion Wut in ihr breit. Sie stellte sich vor, ihm langsam und qualvoll den Hals umzudrehen. Dann sagte sie laut: »Ach weißt du, mir ist es ziemlich egal, was andere von meinem neuen Look halten. Mein Freund findet mich so noch unwiderstehlicher und ich selbst habe das Gefühl, ich habe mich endlich gefunden.« Sie zwang sich ein Lächeln ab und schaffte es sogar, seinem Blick standzuhalten.

Tatsächlich wirkte Jonathan überrascht. »Ich wusste gar nicht, dass du einen Freund hast. Habe ihn noch nie im Haus gesehen. Aber ich muss zugeben, ich bin zurzeit ja auch viel unterwegs und kriege nicht mehr alles mit. Wir sollten vielleicht mal wieder gemeinsam frühstücken, dann könntest du mich über unser Hausleben auf dem Laufenden halten. Ich weiß noch nicht einmal, wer unter mir eingezogen ist.« Er sah sie scherzhaft schuldbewusst an.

»Tja, dann solltest du dir für die Zukunft mal überlegen, wo du in deinem Leben die Prioritäten setzen möchtest«, erwiderte sie leicht bissig und fragte sich, ob er ihren Tonfall richtig interpretierte. Sein verwunderter Gesichtsausdruck schien ihre Frage zu beantworten und sie fuhr inzwischen fast gut gelaunt fort: »Ich bin nicht alleine hier, also, du entschuldigst?« Sie machte auf dem Absatz kehrt.

»Dir noch einen schönen Abend!« Mit diesen Worten ließ sie ihn stehen und stolzierte hocherhobenen Hauptes zurück in den Tanzsaal.

4

Ihre Nacht war natürlich trotzdem oder gerade deswegen schrecklich gewesen. Ein einziger Albtraum. Nachdem sie den ersten Schreck verdaut und realisiert hatte, was ihr widerfahren war, hätte sie sich am liebsten in Luft aufgelöst. Alles wäre einfacher, wenn sie nicht da wäre, dachte sie. Ja, überhaupt – das war doch die Idee! Sie musste aus dieser Wohnung ausziehen oder noch besser: Er zog aus! Aber wie konnte sie ihn dazu bringen? Ihre Miene verfinsterte sich. Ging sie jetzt nicht doch ein bisschen zu weit? Sie schob den Gedanken beiseite und beschloss bei einer Tasse Latte macchiato wieder zur Besinnung zu kommen. Ihre Fantasien trieben es zuweilen schon ein wenig bunt. Aber es musste doch eine Möglichkeit geben, wie sie ihren Seelenfrieden wiederherstellen konnte.

Als sie am Montagabend vom Geschäft nach Hause kam, stellte sie fest, dass sie abermals einen Brief von L.M. Talhoff erhalten hatte. Rosalie stöhnte. Schon wieder diese Frau! Was will sie denn noch von mir? Hatte ich ihr nicht deutlich geschrieben, dass ich nicht derjenige bin, für den sie mich hält? Dann wurde ihr plötzlich etwas mulmig. Vielleicht würde sie ihr Vorhaltungen machen, wegen dieses blöden Ratschlags, den sie ihr neulich in berauschtem Zustand mit auf den Weg gegeben hatte. Etwas verunsichert öffnete sie das Kuvert.

Liebe Rosalie,

ich hoffe, es ist in Ordnung, dass ich Sie beim Vornamen nenne. Aufgrund Ihrer abschließenden Aussage gehe ich davon aus, dass Männer momentan nicht ganz so hoch in Ihrem Kurs stehen.

Ich möchte mich dennoch herzlich bedanken für Ihre Lebensweisheit. Ich habe zwar keine Ahnung, wie alt Sie sind und was Sie alles erlebt haben, aber ich finde es doch immer wieder interessant, mich mit anderen Menschen auszutauschen, insbesondere mit Frauen, denn die haben ja meist mehr zu sagen als ihre männlichen Artgenossen.

Rosalie lachte laut auf. »Wie wahr! Das entspricht auch meiner Lebenserfahrung. Kluge Frau, diese Talhoff!« Neugierig las sie weiter:

Wenn auch ich Ihnen einen Rat geben darf, Rosalie: Ein jeder Mensch hat eine faire Chance verdient und man sollte sich nie von Vorerfahrungen zu Vorurteilen hinreißen lassen. Neunundneunzig Männer können Idioten sein, doch der hundertste mag Ihr wahrer Held werden!

Ich wünsche Ihnen alles Gute für Ihre Zukunft mit dem hoffentlich richtigen Mann an Ihrer Seite und bedanke mich nochmals für die Zusendung ihres Briefes und der Berichtigung Ihrer Adressdaten.
Es grüßt Sie
L.M. Talhoff

Etwas perplex über den letzten Abschnitt des Briefes schob sie das Papier zurück in seinen Umschlag und reflektierte die Sache mit den Vorurteilen. War sie wirklich so oberflächlich? Natürlich nicht! Auf gar keinen Fall!

Ein unangenehmes Gefühl machte sich in ihr breit. Vor ein paar Tagen hätte sie diese Aussage in Stein gemeißelt und nun schrieb ihr irgendeine Unbekannte, die sie noch nicht einmal um Rat gebeten hatte und erwischte sie damit kalt. Im selben Moment, als sie den Gedanken zu Ende gedacht hatte, huschte ein Lächeln über ihre Lippen. Ehrlicherweise musste sie zugeben, dass sie – Rosalie – ja auch einfach ungefragt ihren Senf dazugegeben hatte und diese Talhoff hatte schließlich nicht mit einem Wort darum gebeten. »Na schön. Ich denke, wir sind quitt!«, presste Rosalie hervor.

Der frühe Abend kroch dahin, eher zäh als entspannt, was vermutlich daran lag, dass sie am Vortag schon den ganzen Haushalt erledigt hatte und auch sonst augenblicklich nichts anstand, was sie als Beschäftigungstherapie nutzen konnte. Um der Langeweile zu entgehen, überlegte sie, ob sie sich ein Bad einlassen und sich einmal richtig verwöhnen sollte. Eigentlich, fand sie, hatte sie das wirklich mehr als verdient.

Gerade stellte sie das Wasser an und schlüpfte aus ihrer Jeans, als es an der Wohnungstür klingelte.

Ach herrje, fuhr es ihr durch den Kopf, das wird doch nicht die alte Frau Meybach unter ihr sein, die sich mal wieder ausgesperrt hatte. Etwas unschlüssig betrachtete sie die langsam voll laufende Wanne, dann stellte sie kurz entschlossen das Wasser ab und schlüpfte wieder in ihre

Hose, während sie zugleich auf einem Bein – das andere steckte noch im Hosenbein fest – zur Wohnungstür hüpfte. »Moment!«, rief sie. »Ich komme gleich. Sekunde noch!«

Geschafft – sie war wieder einigermaßen salonfähig. In Erwartung von Frau Meybachs Anliegen, ihr behilflich zu sein, öffnete sie rasch die Wohnungstür. Das Unerwartete traf sie wie ein Blitz aus heiterem Himmel! Jonathan stand direkt vor ihr, mit einer Flasche Wein in der Hand.

»Guten Abend, liebe Nachbarin! Ich dachte mir, vielleicht hättest du ja mal wieder Lust auf ein Gläschen mit mir?« Mit einem verschmitzten Lächeln fügte er hinzu: »Nachdem du am Samstag ja so rasch verschwunden bist. Ich hatte schon beinahe das Gefühl, etwas stimme nicht mit dir. Ist alles in Ordnung?«

»Jaja, natürlich, alles bestens. Ich wollte nur gerade …, also eigentlich wollte ich ein Bad nehmen. War sozusagen schon mit halbem Bein in der Wanne.« Sie sah ihn mit einer Mischung aus Verlegenheit und Neugier an. »Wie kommt es, dass du heute so spontan Zeit hast?« Der spitze Unterton war deutlich herauszuhören und da Rosalie es im selben Moment, als sie es sagte, realisierte, hätte sie sich am liebsten die Zunge abgebissen.

Die Gegenfrage kam prompt. »Höre ich da vielleicht ein wenig Spott in Ihrer Stimme, Frau Rosalie Parker?«, zog er sie auf. Nach einer kurzen Pause und einem intensiven Blickwechsel fragte er: »Was ist, darf ich jetzt endlich reinkommen, oder willst du mich den restlichen Abend draußen stehen lassen?«

Einen winzigen Moment lang überlegte sie, ob sie sich doch lieber für das Entspannungsbad entscheiden sollte, doch dann warf sie alle Vernunft und all ihren Ärger über ihre verpatzte Wochenendbegegnung über Bord und bat ihn herein. Sie holte zwei Weingläser aus der Küche und stöberte im Wohnzimmerschrank nach Kerzen, denn sie fand Wein ohne Kerzenlicht schon seit jeher unromantisch – wobei ihr im Augenblick nicht gerade nach Romantik zumute war. Mit gemischten Gefühlen ließ sie sich auf dem Sofa nieder, während Jonathan den Wein öffnete. Sie stießen an und obwohl Rosalie genau wusste, dass sie es besser nicht tun sollte, sah sie ihm für einen Moment in die Augen – einen Moment zu lange, denn nun war es wieder einmal um sie geschehen. Sie schmolz dahin wie Eiscreme in der Sonne. Von da an hörte sie nur noch zur Hälfte, was er ihr erzählte, da sie so sehr damit beschäftigt war, ihr pochendes Herz wieder in den Griff zu bekommen.

»Ich hoffe, ihr hattet noch einen schönen Samstag!« Rosalie nickte zögerlich, ihre Hand griff nach der Weinflasche und sie füllte ihr Glas noch einmal nach.

»Hast ja einen guten Zug heute«, zog Jonathan sie auf. »Wusste ich doch, dass ich mit einer guten Flasche Wein bei dir landen kann!«

Warum tat er das? Warum sagte er all diese Dinge? Wollte er ihr eine lange Nase machen? Er hatte doch eine Freundin, was brauchte er da noch seiner Nachbarin schöne Augen zu machen? Unwillkürlich nahm sie eine Abwehrhaltung ein.

»Möchtest du noch Chips?« Rosalie wartete noch nicht

mal seine Antwort ab, da stand sie schon auf und lief in die Küche. Jetzt nur nicht die Nerven verlieren, zwang sie sich und versuchte sich selbst gut zuzureden. Mit einer Schüssel Knabbersachen kehrte sie zurück ins Wohnzimmer und nahm mit etwas Abstand wieder auf dem Sofa Platz. Dezent versuchte sie das Gespräch auf andere Themen zu lenken.

»Sag mal, hast du übrigens schon die neue Mieterin im Stockwerk unter dir kennengelernt?« Sie sah ihn kess an. »Na ja, dein Typ wäre sie vermutlich nicht. Sie ist klein, kräftig und mit ihren langen blonden Haaren vermutlich nicht dein Beuteschema.«

Oje, hatte sie sich nun verplappert? Musste er jetzt nicht erst recht annehmen, dass sie eifersüchtig war und dass sie ihr neues Outfit genau seinen Maßstäben entsprechend gewandelt hatte?

Tatsächlich sah er sie für einen Moment lang etwas seltsam an, bevor sich seine Miene erhellte und er den Mund öffnete. »Ach, daher weht der Wind! Habe mich gefragt, warum du plötzlich mit einer neuen Frisur herumläufst und dich in Kleider zwängst.« Er grinste überheblich. »Du willst mir also gefallen! Wäre aber nicht nötig gewesen, ich fand dich vorher schon attraktiv.« Er beugte sich leicht zu ihr vor, strich ihr eine Strähne aus der Stirn und griff mit der anderen Hand nach der Weinflasche. Er füllte beide Gläser nach und lehnte sich dann mit einem allwissenden Blick zurück, der sie zu durchbohren schien.

Das war ja nun wirklich die Höhe! Wofür hielt sich dieser eingebildete Schnösel eigentlich? Sie musste dringend einen klaren Gedanken fassen und in erster Linie dafür sorgen, dass ihre Würde wieder hergestellt war.

»Weißt du, mein lieber Jonathan, es dreht sich nicht immer alles nur um dich. Wie ich am Samstag schon erwähnte, gibt es da jemanden in meinem Leben. Zufällig scheint er wohl den gleichen Geschmack zu haben wie du.« Ein süffisantes Lächeln breitete sich um ihre Mundwinkel herum aus.

»Stimmt. Du erwähntest ihn ja schon. Bist du schon lange mit ihm zusammen?«

Oh Gott, jetzt nur nicht zu viele Details ins Spiel bringen, in denen sie sich am Ende noch verstricken und verheddern würde. Ihre Gedanken purzelten durcheinander. Dann erklärte sie rasch: »Ach weißt du, wir kennen uns noch nicht sonderlich lang, aber ich habe das Gefühl, mit ihm auf besondere Weise verbunden zu sein, quasi so, als würde man sich schon ein Leben lang kennen.« Auweia, war das nun überzeugend gewesen?

Er schien sich mit der Antwort zufriedenzugeben, hatte aber schon die nächste Frage parat. »Und wo habt ihr euch kennengelernt?«

Nun durfte sie keine Sekunde zögern, denn das würde ihm sofort auffallen. Daher ließ sie die Worte aus ihrem Mund herausströmen, in der Hoffnung, sie würden sich zu etwas halbwegs Intelligentem und Glaubwürdigem zusammenfügen.

»Wir haben uns erst nur geschrieben, aber dann wurde eben mehr daraus. Und wie man sieht, scheint es ein Volltreffer zu sein. Na ja, bis jetzt zumindest.« Um ihn gar nicht erst wieder zu Wort kommen zu lassen, fuhr sie rasch fort: »Und du und diese … wie heißt sie noch … Natalie? Wie steht's mit euch?« Sie bemühte sich, so viel Desinteresse wie möglich zu zeigen, damit er nur ja nicht merkte, wie sehr ihr diese Frage auf den Nägeln brannte. Deshalb spielte sie mit ihrem Handy herum, das auf dem Tisch neben ihr lag, und nahm noch einmal einen kräftigen Schluck Wein.

Leicht irritiert wegen des raschen Themenwechsels, aber durchaus sachlich antwortete er: »Ja, du hast recht, sie heißt Natalie. Sie ist eigentlich eine Geschäftskollegin, aber wie das eben manchmal so ist. Es kann auch durchaus mal mehr dahinterstecken als nur eine Geschäftsbeziehung.« Jetzt fixierte er sie ganz genau. Vermutlich wollte er ihre Reaktion prüfen.

Schlagfertig entgegnete sie daher: »Nicht dass es mich etwas anginge. Ich frage nur, weil ich deiner Freundin gegenüber nicht unhöflich sein möchte. Man will ja schließlich wissen, wer im Haus ein und aus geht. Jetzt kann ich sie zumindest mal mit Namen ansprechen.« Verstohlen blickte sie zur Seite. Diese dämliche Antwort würde sie sich sogar selbst niemals abnehmen.

Jonathan lächelte auch sogleich amüsiert und konterte:

»Selbstverständlich möchtest du wissen, wer sich hier im Haus herumtreibt. Nicht dass da noch Gerüchte kursieren!« Er lachte laut.

Rosalie spürte, wie sie einen hochroten Kopf bekam. »Ganz genau«, antwortete sie wenig geistreich. Am liebsten hätte sie sich wieder mal in Luft aufgelöst, aber da half nichts, aber auch gar nichts, sie musste diese Situation aussitzen. »Kann ich dir noch was anbieten?«, lenkte sie daher ab.

Wieder beugte er sich vor, doch diesmal berührte er sachte ihre Schulter. »Lass mal, ich bin mit dir und dem Wein vollauf zufrieden.« Da – wieder berührte er sie, fast unmerklich. Aber natürlich hatte sie es gespürt! Das konnte sie sich doch nicht einbilden!

Das Telefon klingelte. Als wäre es die Erlösung, sprang sie auf und stürzte zum Apparat in der Diele. »Hi, Mum«, flüsterte sie so leise, dass man es im Nebenzimmer nicht hören konnte. »Weißt du, im Augenblick ist es schlecht, ich habe unerwartet Besuch bekommen.«

Das war für ihre neugierige Mutter natürlich ein gefundenes Fressen. »Soso, Besuch?«

Dass sie nicht gleich fragte, ob ihre in Männerangelegenheiten unfähige Tochter nicht endlich einen Freund habe, grenzte an ein Wunder.

»Mum, ich ruf dich morgen zurück. Versprochen! Bis bald, ich küsse dich.« Die letzten Worte rief sie betont laut in den Hörer.

Als sie das Wohnzimmer wieder betrat, bemerkte sie beiläufig: »War nur mein Freund. Er wollte mir noch eine gute Nacht wünschen!«

Eine kleine Weile sah er sie an, dann sagte er mit ebenso emotionsloser Stimme. »Schon gut, ich habe es begriffen.« Er stand auf, stellte sein noch halb volles Weinglas auf den Tisch und schob sich an ihr vorbei Richtung Tür.

»Du willst schon gehen?«, fragte Rosalie erstaunt. »Es ist doch noch gar nicht so spät.«

»Ich weiß, aber ich muss auch noch meine Freundin anrufen und ihr eine gute Nacht wünschen.« Jonathan zwinkerte ihr zu, doch jegliches Lächeln war aus seinem Gesicht verschwunden. Seine Miene schien eingefroren. Er spazierte einfach an ihr vorbei, keine Berührung mehr und kein Blick. Die Tür fiel leise ins Schloss.

5

Oh nein, oh nein! Was hatte sie getan? Wie konnte sie ihn nur so vergraulen? Da bot sich ihr einmal nach so langer Zeit die Chance, mit dem Menschen, dessen Nähe sie sich am meisten wünschte, einen Abend zu verbringen und sie vermasselte es bereits nach einer knappen Stunde. Wenn sie das ihren Freundinnen oder gar ihrer Mutter erzählte, sie würden sie alle als einen hoffnungslosen Fall abtun. Frustriert ließ sie sich aufs Sofa fallen. In ihrer Verzweiflung griff sie nach Jonathans Weinglas – ihr eigenes hatte sie schon ausgetrunken. Ihr Blick wanderte über den Couchtisch hin zu ihrem Sideboard, auf dem noch immer der Brief von L.M. Talhoff lag.

Ein verächtliches Lächeln spiegelte sich auf ihrem Gesicht wider. Was hatte diese Talhoff noch behauptet? Neunundneunzig Idioten, aber ein Held. Na großartig! Jonathan schien nicht zur Heldenklasse zu gehören. Und wenn sie ihr Leben rückblickend betrachtete, so hatte sie überhaupt noch nicht mit allzu vielen Männern positive Erfahrungen gemacht. Sie war dann vermutlich bei dem fünften Idioten in ihrem Leben angekommen. Folglich fehlten noch vierundneunzig Volldeppen, bis dann irgendwann im Greisenalter unter Umständen mal der wahre Held auftauchte. Das konnte noch dauern bis zum Sankt-Nimmerleins-Tag und vermutlich wäre sie dann auch noch zu blöd, den einzigen und wahren Helden zu erkennen.

Rosalie gab einem unwillkürlichen Drang nach, dieser

Talhoff einmal richtig die Meinung zu sagen. Sie öffnete die Schreibtischschublade, entnahm ein Blatt Papier und eine Füllfeder und dann schrieb sie einfach drauflos. Seltsamerweise spürte sie beim Schreiben, wie gut es ihr tat, ihre Gedanken zu Papier zu bringen. Es fühlte sich fast an wie eine Therapie beim Seelenklempner und damit kannte sie sich wirklich aus, denn eine solche hatte sie bereits nach der Trennung von ihrem zweiten Freund hinter sich. Es war kurz vor Beendigung ihres Studiums gewesen, als sie beide zusammenziehen wollten. Sie hatten bereits eine Wohnung gefunden, doch noch bevor sie den Mietvertrag unterschrieben hatten, hatte er einen Rückzieher gemacht. Eine Woche später hatte sie ihn dann mit einer Kommilitonin in ihrem gemeinsamen Lieblingslokal gesehen. Es war ihr persönlicher Platz gewesen! Doch am Ende war das alles wohl bedeutungslos geworden. Einen persönlichen Platz gab es nicht mehr und auch nicht das besondere Vertrauen, das eine Bindung zwischen zwei Menschen ausmacht. Bestürzt stellte sie fest, dass sie die Vergangenheit wieder einmal eingeholt hatte. Das alles lag nun drei Jahre zurück. Es sollte eigentlich keine bedeutende Rolle mehr in ihrem Leben spielen. Ärgerlich über ihre Gefühlsduselei wischte sie sich eine Träne aus dem Augenwinkel. Sie nahm noch einen Schluck Wein. Der Rausch in ihrem Kopf betäubte allmählich ihren Schmerz. Die Worte flossen direkt in ihre Finger und von dort aufs Papier.

Sehr geehrte Frau Talhoff,

Sie hatte nach kurzer Überlegung beschlossen, sich für die etwas förmlichere Variante zu entscheiden, schließlich waren sie ja nicht gerade beste Freundinnen, und es kam ihr einfacher vor, dem anderen die Meinung zu geigen, wenn man sich auf einer gewissen Distanzebene befand. Wenigstens die äußeren Höflichkeitsfloskeln sollten nicht zu wünschen übrig lassen.

eigentlich hatte ich gar nicht vor, Ihnen noch einmal zu schreiben. Leider gab es in meinem Leben mal wieder eine unschöne, aber auch beinahe unvermeidliche Wendung, sodass ich im Laufe des Abends meinem Bedürfnis nachgab, Ihre kleine Lebensweisheit nicht unkommentiert zu lassen.

Es ehrt Sie ja zutiefst, dass Sie über das männliche Geschlecht überhaupt noch etwas Positives zu sagen haben. Ich spiele hiermit auf die Bemerkung an, man solle sich nicht von Vorurteilen leiten lassen und jeder hätte eine faire Chance verdient. Ich frage Sie nun: Hat irgendein Mann in Ihrem Leben genau das auch bei Ihnen berücksichtigt? Haben Sie auch stets eine faire Chance bekommen? Und wenn ja, wie lange hat dieser Zustand dann angehalten? Ich möchte ganz ehrlich mit Ihnen sprechen. Vorurteile basieren auf Fakten, welche die langjährige Erfahrung einer größeren Spezies (in dem Fall der Frauen) darstellen, die keine Lust mehr hat, sich von den Männern verarschen zu lassen.

Den letzten Satz strich sie wieder durch – denn selbst im angetrunkenen Zustand entging ihr nicht, dass sie gerade auf ein Niveau abgerutscht war, das man dieser Maria Talhoff vielleicht nicht zumuten konnte. Sie

stellte sich vor, wie eine Siebzigjährige ihren Brief las
und entsetzt über ihre Ausdrucksweise einem Herzinfarkt nahekam. Daran wollte sie auf keinen Fall schuld
sein. Sie hatte heute schon genug vermasselt. Während
sie an ihrem Bleistift kaute, fügten sich in ihrem Kopf
neue Worte zu einem Satz zusammen. Einen Satz, für
den man sich zumindest nicht schämen musste:

*Vorurteile basieren letztlich auf Fakten. Diese entsprechen
der langjährigen Erfahrung einer größeren Spezies (in dem
Fall der Frauen), die sich zu lange etwas vorgemacht hat,
jetzt aber endlich zur Einsicht gelangt ist. Und diese Einsicht möchte ich auch mit Ihnen teilen, liebe Frau Talhoff:
Männer ändern sich nicht! Das haben wir alles schon tausendmal erlebt! Männer treten jede neue Chance, die man
Ihnen gibt, mit Füßen! Was also sollte mich noch dazu
bewegen, mich erneut zum Opfer zu machen?*

*Ich wünsche Ihnen von Herzen, dass ich Unrecht habe.
Vielleicht hatten oder haben Sie ja selbst andere Erfahrungen gemacht. In dem Fall gehören Sie wohl der Spezies Glückspilze an. Die gibt es anscheinend nur ganz
selten.*

Alles Gute und freundliche Grüße
Ihre Rosalie Parker

Sie legte den Stift beiseite und leerte das Rotweinglas.
Auf ein paar Tropfen mehr oder weniger kam es jetzt
schließlich auch nicht mehr an. Im Gegenteil! So würde
sie zumindest genügend Mut aufbringen, diesen Brief
auch tatsächlich abzuschicken. Da ihr Abend sowieso

gelaufen war, konnte sie ihn auch gleich noch zum Postkasten bringen.

Als der Brief durch den Briefschlitz fiel, überkam sie eine Woge der Erleichterung. Sie hatte sich Luft gemacht, hatte sich alles von der Seele geschrieben. Wenigstens das funktionierte noch! Sie leerte ihren Seelenmüll einfach bei einer Person XY ab. Ob sie nun Talhoff, Meier oder Müller hieß, spielte dabei keine Rolle. Auf eine Antwort brauchte sie so oder so nicht zu hoffen. Wer würde einer Verrückten wie ihr schon antworten, deren Kritik einem in jedem Satz ins Gesicht sprang? Sie selbst würde einen solchen Brief nach Erhalt vermutlich schreddern und entsorgen. Doch all das war ihr egal. Sie hatte getan, was sie tun musste. Sie würde diesen Abend mit Jonathan so schnell wie möglich aus ihrem Gedächtnis verbannen. Welche Mittel auch immer dafür notwendig waren.

6

Den Geburtstag ihrer Nichte hätte sie beinahe vergessen. Sie musste noch dringend ein Geschenk besorgen. Aber was schenkte man einem Kind, das schon alles hatte? Rosalie betrat den kleinen Spielwarenladen im Ort. Es gab fast alles hier, was ein Kinderherz erfreuen könnte. Hilfesuchend sah sie sich um. Die Verkäuferin sprach gerade mit anderer Kundschaft. Also musste sie sich wohl erst einmal selbst durch das Sortiment kämpfen. Klara wurde acht, also war sie durchaus noch in einem Alter, in dem man fantasievoll spielte. Entzückt betrachtete Rosalie das kleine Puppenhaus mit den geschnitzten Möbeln. Daneben war ein Regal mit Plüschtieren und Puppen angeordnet. Nein, die hatte Klara schon zur Genüge.

Das Barbiesortiment erlangte ihre Aufmerksamkeit. Ken und Barbie! Mein Gott, die gab es ja schon seit ihrer eigenen Kindheit und sie schienen immer noch die Verkaufsschlager wie damals zu sein! Nur gab es heute noch viel mehr Zubehör als früher. Rosalie überlegte nicht lange. Sie griff nach Barbie und Ken. Sollte Klara ruhig noch annehmen, die Welt sei eine rosa Wolke und Ken würde Barbie für immer auf Händen tragen. Sie selbst hatte als Kind auch stets alle nur denkbaren romantischen Szenen mit den beiden durchlebt. Wenn doch nur ein bisschen davon wahr wäre, dachte sie. Nur ein klitzekleines bisschen mehr Romantik in ihrem Leben – das würde ihr doch schon genügen. Aber das wäre ja auch zu schön, um wahr zu sein.

Sie bezahlte und ließ das Geschenk gleich hübsch verpacken. Zufrieden verließ sie den Laden und eilte zur Bushaltestelle. Sie war so spät dran, dass sie es nicht einmal mehr nach Hause schaffte. Also beschloss sie, direkt zu ihrer Schwester zu fahren, die sicher schon mit Kaffee und Kuchen auf die Geburtstagsgäste wartete.

»Wie cool, Tante Rosalie! Danke! Ken habe ich mir schon immer gewünscht!« Klara zog sich begeistert mit ihren Geschenken ins Kinderzimmer zurück.

»Tja, Schwesterlein, ich würde sagen, damit hast du ihr Herz mal wieder im Sturm erobert!« Emma zwinkerte Rosalie zu, während sie die Torte auf dem hübsch eingedeckten Tisch abstellte. Die anderen Gäste waren schon anwesend. Rosalie setzte sich neben ihre Mutter.

»Apropos Herz erobern. Gibt es etwas Neues in Sachen Männer?«

Ihre Mutter war manchmal so direkt, dass es einem die Sprache verschlagen konnte, wenn man nicht darauf vorbereitet war.

»Deiner alten Mutter kannst du es ja erzählen, ich bin die beste Geheimnishüterin aller Zeiten!«, erklärte sie glucksend.

Dass das mit keinem Fünkchen der Wahrheit entsprach, wusste sie selbst vermutlich am besten. Doch trotz allem würde Rosalie ihrer Mutter gerne etwas Hoffnungsvolles berichten, aber es gab ja nichts, rein gar nichts, das in irgendeiner Form in das altmodisch romantische Bild ihrer Mutter gepasst und das auch nur annähernd die Chance auf dauerhaften Bestand gehabt hätte. Und von irgendwelchen Träumereien brauchte sie gar nicht erst anzufangen. Die weckten im ungünstigsten Fall nur Hoffnungen, die sich am Ende nicht bestätigten. Da auch Emma nicht die verkörperte Verschwiegenheit darstellte, musste sie wohl auch darauf verzichten, ihrer Schwester gegenüber Andeutungen zu machen. Das Thema Liebe schien in ihrem Leben eben keinen Platz zu haben.

Die nachmittägliche Unterhaltung bewegte sich also vornehmlich zwischen berufsbedingten Geschichten und dem Thema Kinder, einem echten Dauerbrenner in Emmas Haushalt.

Als Rosalie am Abend nach Hause kam, fiel sie müde in ihr Bett. Das viele belanglose Reden hatte sie mehr angestrengt, als sie erwartet hatte. Ihre Gedanken wanderten noch einmal zurück zu dem Abend, an dem Jonathan sie überraschend besucht hatte. Es war nun schon beinahe eine Woche seitdem vergangen, doch ihr Herz raste noch immer, wenn sie daran dachte, wie er sie angesehen hatte, bevor er aufstand und ging. Das Gefühl, einen großen Fehler gemacht zu haben, lastete schwer auf ihr. Was hätte sie dafür gegeben, wenn sie noch einmal die Zeit zurückdrehen könnte? Doch an diesem Wunsch waren letztlich schon ihre Vorfahren und Urahnen gescheitert und es war sicher wie das Amen in der Kirche, dass auch noch der Rest der Menschheit folgen würde – sie, Rosalie Parker, inbegriffen.

Die Tage bis zum Wochenende verstrichen glücklicherweise so rasch, dass Rosalie kaum Zeit hatte, Trübsal zu blasen. Sie musste jede Menge Überstunden machen und hatte sich an den Abenden mit einigen Freunden, die sie schon länger nicht mehr gesehen hatte, in der Stadt verabredet. Es war gut, dass sie endlich auf andere Gedanken kam. Das Leben ging schließlich weiter, mit oder ohne Jammern.

Als sie am Freitagabend ihren Briefkasten öffnete, fiel ihr ein Brief ohne Absender entgegen, doch die Schrift, mit der die Adresse geschrieben war, kam ihr merkwürdig vertraut vor. Seltsamerweise verspürte sie das Verlangen, ihn unverzüglich zu öffnen. Noch während sie die Stufen nach oben lief, öffnete sie den Umschlag und begann zu lesen.

Liebe Rosalie,
Sie gestatten, dass ich Sie weiterhin beim Vornamen nenne?
Mit Bestürzen habe ich Ihren Brief gelesen. Sie scheinen tatsächlich Schlimmes erlebt zu haben. Doch was kann Ihnen da jemand raten, der in die genauen Begebenheiten nicht eingeweiht ist? Sicherlich kann ich verstehen, wenn Sie mit Ihren Sorgen nicht hausieren gehen wollen, doch manchmal hilft es, sich seine Probleme von der Seele zu reden oder sie aufzuschreiben. Was könnte es da Besseres geben, als sich jemandem anzuvertrauen, den man gar nicht weiter kennt und vor dem man sich auch nicht zu schämen braucht, der Gesagtes oder Geschriebenes für sich behält und das eigene Vertrauen nicht missbraucht.
Ich kann Ihnen nur anbieten, sich von der Seele zu schreiben, was Sie bedrückt oder womit Sie nicht weiterkommen. Ob ich dann tatsächlich einen passenden Ratschlag

für Sie habe, kann ich natürlich nicht versprechen. Oftmals muss man dabei selbst sehr ehrlich mit sich sein, sich eigene Schwächen eingestehen und zuweilen völlig schutzlos in die Tiefen der eigenen Seele eintauchen. Das ist nicht immer unproblematisch. Es kann sogar zunächst Unschönes auslösen, aber es kann im besten Falle auch Abhilfe schaffen und zu neuen Erkenntnissen führen. Die schönsten Erkenntnisse sind die, die man über sich selbst gewinnt.

Die Entscheidung liegt bei Ihnen – alles Gute!
L.M. Talhoff

Überrascht hielt sie inne. Es war nicht das, was sie erwartet hatte. Ganz und gar nicht. Sie hatte sich auf Belehrungen, übelste Beschimpfung, ja sogar auf gar keine Antwort eingestellt. Doch das hier war etwas ganz anderes. Etwas sehr Persönliches.

Sie bemerkte erst jetzt, dass sie ein Stockwerk zu weit nach oben gegangen war, so sehr war sie in den Brief dieser Talhoff vertieft gewesen. Warum war diese Frau nur so nett zu ihr? War sie einsam, hatte sie vielleicht keine Familie und war froh, endlich wieder jemanden in ihrem Leben zu wissen, der ihr das Gefühl gab, gebraucht zu werden? Oder war sie eine Art Schutzengel, der anderen Menschen immer genau im richtigen Moment in schwierigen Situationen zur Seite stand? Sie musste zugeben, dass sie gerne an solche Vorstellungen glaubte, die mehr zwischen Himmel und Erde versprachen als die darwinsche Evolutionstheorie. Sicher war es kein Zufall gewesen, dass die Post damals falsch zugestellt worden und stattdessen bei ihr gelandet war.

Intuitiv nickte sie und ihr Mund verzog sich zu einem winzig kleinen Lächeln.

Doch ja! Diese Version gefiel ihr am besten. Und was hatte sie schon zu verlieren, wenn sie dieser mysteriösen Unbekannten schrieb? Es waren ja nur Worte und keine Gesichter dahinter. Und vielleicht hatte diese Talhoff ja recht? Manchmal half es wirklich, sich alles, was einen bedrückte, von der Seele zu schreiben. Zumindest hatte sie selbst keine bessere Idee. Sorgsam steckte sie den Brief in seinen Umschlag zurück und schloss ihre Wohnungstür auf. Sie schlüpfte aus ihren Schuhen und hängte ihre Tasche in die Garderobe. Den Brief legte sie auf ihren Schreibtisch. Zuerst brauchte sie mal einen Kaffee und dann würde sie darüber nachdenken, was sie der »alten Dame« (sie wusste selbst nicht, was sie immer wieder zu dieser Vorstellung bewog – möglicherweise ihr Name – wer hieß heutzutage schon noch Maria? – aber durchaus auch ihr Schreibstil. Er klang nicht nach einer jungen Frau) schreiben würde. Ein zartes Gefühl der Zufriedenheit überkam sie. Das Leben steckte doch voller Überraschungen!

Sie erinnerte sich noch genau an den ersten Brief, den sie dieser Frau Talhoff geschickt hatte. Nie hätte sie sich träumen lassen, dass einmal so etwas daraus entstehen würde. Eine Brieffreundschaft mit einer Unbekannten. Aber unter Umständen war auf diese Weise ihnen beiden geholfen. Der einsamen Alten, weil sie damit neuen Aufgaben entgegensah, und ihr selbst, weil ältere Menschen – noch dazu vom selben Geschlecht – oftmals doch weise Ratschläge und kleine Lebensweisheiten parat hatten, die grundsätzlich interessant sein konnten.

Wenig später saß sie auch schon an ihrem Schreibtisch und versuchte einen kleinen Teil ihres derzeit wirren, unerfüllten Liebeslebens auf Papier zu bringen. Es war gar nicht so einfach, weil sie immer wieder überlegen musste, welche Informationen diese Talhoff zu einem urteilsfähigen Ergebnis bringen könnten – am besten zu einem, das noch eine Menge Hoffnungen für Rosalie offenließ.

Als sie endlich ihre besten Grüße anbrachte, war fast eine ganze Stunde vergangen. Sie lehnte sich zurück und las den Brief noch einmal durch.

Liebe Frau Talhoff,
zunächst einmal möchte ich mich entschuldigen, dass ich bei meinem letzten Brief wohl nicht gerade mit Objektivität glänzen konnte, vielleicht habe ich mich sogar das eine oder andere Mal im Ton vergriffen. Das war nicht persönlich gemeint. Ich hoffe, Sie haben es nicht falsch verstanden. Auch möchte ich mich noch bedanken für Ihr ungewöhnlich offenes Angebot, Ihnen in meinen Angelegenheiten ab und an schreiben zu dürfen. Das ist vermutlich die außergewöhnlichste Begegnung, die ich bis jetzt in meinem Leben hatte. Es fällt mir nicht leicht, das alles noch einmal so nahe an mich heranzulassen, aber es aufzuschreiben, ist für mich auf jeden Fall die bessere Variante, als darüber zu reden.

Vor circa einem halben Jahr begegnete ich meinem neuen Nachbarn, Jonathan. Wir unternahmen in der ersten Zeit viel und es entstand eine Art Freundschaft. Dummerweise hat er mir mit seiner charmanten Art dann aber leider den Kopf verdreht, was er vermutlich gar nicht beabsichtigte oder zumindest nichts davon wissen wollte. Jedenfalls hat er seit ein paar Wochen eine Freundin, die mir übrigens vom Typ her überhaupt nicht ähnlich ist. Ich bin weder groß noch schlank und hatte bis vor kurzem noch lange dunkle Haare. Inzwischen habe ich mich beim Friseur verunstalten lassen und mir einen gewöhnungsbedürftigen Kurzhaarschnitt zugelegt – alles ihm zuliebe, denn kurze Haare entsprechen seinem weiblichen Ideal. Im Nachhinein weiß ich, dass das völliger Blödsinn war und er mich mit der neuen Frisur auch nicht hinreißender findet; obwohl ich vor einigen Tagen eine seltsame Begegnung mit ihm hatte: Wir trafen uns zufällig in einem Club. Anfangs hat er mich wegen des neuen Outfits ein bisschen hochgenommen, fast hatte ich sogar das Gefühl, er mochte mein Äußeres gar nicht mehr, doch dann stand er unlängst spontan mit einer Flasche Wein vor meiner Tür. Ich war zu nervös, um einen klaren Gedanken fassen zu können. Ich wusste auch nicht, worauf das alles hinauslaufen sollte. Natürlich habe ich ihn hereingebeten. Es hätte sicherlich auch ein schöner Abend werden können, aber ich fragte mich ständig, was der wirkliche Beweggrund seines Kommens war. Schließlich hatte er doch eine Freundin und er hatte ja auch die vergangenen Wochen seine Freizeit nicht mehr mit mir geteilt. Was also wollte er?

Es kam leider nicht mehr dazu, eine Antwort auf diese Frage zu finden, denn wir haben unseren Abend dann doch recht abrupt abgebrochen. Nein, das stimmt nicht ganz. Ich hatte eine unbedachte, blöde Bemerkung gemacht, woraufhin er dann gegangen ist.

Ich kann mir schon denken, was Sie nun fragen würden: Was um Gottes willen haben Sie ihm denn gesagt?

Na ja, eigentlich habe ich ihm etwas vorgemacht. Ich wollte unter keinen Umständen bloßgestellt werden und tat so, als hätte auch ich einen Freund. Das war wohl ganz schön dumm von mir. Ich habe ehrlich Sorge, dass er nie wieder bei mir klingeln wird. Und das, liebe Frau Talhoff, wäre das Unerträglichste von allem Unschönen, was gerade mein Leben durcheinanderzubringen versucht. Meinen Sie, es gibt noch eine Chance für ihn und mich?
Ich bin gespannt auf Ihre Antwort!
Beste Grüße
R. Parker

PS: Die Begegnung zwischen Ihnen und mir muss Schicksal gewesen sein – an Zufälle glaube ich jedenfalls nicht.

Genau so würde sie den Brief abschicken.

Sie sah auf die Uhr. Mit viel Glück konnte der Brief noch mit der Nachmittagsleerung hinausgehen. Eilig schlüpfte sie in ihre Schuhe und warf sich ihren Mantel über. Mit dem Auto würde es kaum fünf Minuten dauern, bis sie die Post erreichte.

Sie hatte Glück! Gerade als sie ausstieg, war der Postbeamte dabei, die Leerung abzuschließen. Mit einem Augenzwinkern forderte sie der Beamte auf, ihren Brief noch in den riesigen Sack zu werfen, den er gerade in seinem Wagen abgestellt hatte.

Nun würde das Schicksal seinen Lauf nehmen! Rosalie lächelte in sich hinein. Als ob der Brief an eine alte Unbekannte auch nur irgendetwas in ihrem Leben ändern konnte! Aber auch der winzigste Strohhalm war es wert, befand sie. Zumindest würde sie eine Antwort erhalten und darauf freute sie sich merkwürdigerweise diebisch.

7

»Hilfe! Hilfe!«, rief eine aufgeregte, zittrige Stimme aus dem Fenster unter ihr!

Rosalie saß gerade auf ihrem Balkon und genoss die Sonnenstrahlen des späten Frühlings bei einem guten Buch und einem Glas Prosecco, den sie immer gekühlt auf Vorrat hatte, damit ihr auch ja kein Moment des Genusses durch die Lappen ging.

Sofort legte sie das Buch zur Seite und blickte bestürzt über die Balkonbrüstung.

»Frau Meybach! Was ist los? Ist Ihnen etwas passiert?« Im selben Moment nahm sie einen Geruch wahr, gefolgt von einem dichten grauen Qualm, der aus Frau Meybachs Balkontür zu ihr nach oben stieg.

»Um Himmels willen, Frau Meybach! Bleiben Sie, wo Sie sind! Ich rufe die Feuerwehr und komme dann sofort zu Ihnen nach unten.«

Glücklicherweise hatte Rosalie einen Zweitschlüssel zu Frau Meybachs Wohnung, sodass die alte Frau ihr nicht öffnen musste. Während Rosalie die Treppen hinunterstürzte, klingelte sie im Vorbeigehen bei sämtlichen Nachbarn, die auf ihrem Weg lagen, Sturm. Die neue Mieterin gegenüber von Frau Meybachs Wohnung sprang ihr sofort zu Hilfe. Gemeinsam betraten sie – ausgerüstet mit dem Feuerlöscher aus dem Treppenhaus – die Wohnung. Die Küche stand in Flammen, doch das Feuer war noch nicht in die angrenzenden Zimmer ausgebrochen. Rosalie schloss sofort alle Fenster und die Türen der umliegenden Räume. Mit vereinten Kräften machten sie sich ans Werk. Sie benötigten den Inhalt des gesamten Feuerlöschers und schöpften noch einige Eimer Wasser aus dem Bad, die sie am Ende über die noch schwelenden kleinen Herde schütteten.

Die alte Frau Meybach stand noch immer zitternd auf dem Balkon. Sicherlich hatte sie einen Riesenschreck bekommen, vielleicht stand sie sogar unter Schock. Nachdem die beiden Frauen das Feuer gelöscht hatten, hörten sie auch schon die Sirene der Feuerwehrwagen, die draußen vor der Haustüre hielten.

Die halbe Nachbarschaft war bereits auf die Straße gelaufen. Rosalie kümmerte sich erst einmal um die alte Frau Meybach, holte ihr eine Decke aus dem Wohnzimmer und rief von ihrem Handy aus den Krankenwagen.

Der Qualm hing schwer in der Wohnung und so nahm die junge Nachbarin, die sich nebenbei als Sonja Stromberg vorstellte, die alte Dame mit zu sich hinüber und kochte ihr eine Tasse Tee, während sie gemeinsam auf den Krankenwagen warteten.

Draußen erklärte Rosalie den Feuerwehrleuten die Sachlage. Frau Meybach hatte vergessen, den Herd abzustellen, und ihre Zeitung, die sie nach dem Einkaufen dort abgelegt hatte, hatte Feuer gefangen. Sie selbst hatte sich dann wohl zu einem Mittagsschläfchen hingelegt. Ja, und dann wäre alles ganz schnell gegangen.

»Das war ein großes Glück, Frau Parker, dass Sie zur rechten Zeit zu Hilfe kommen konnten. Sie und Ihre junge Nachbarin haben sehr besonnen gehandelt und sind vorbildlich vorgegangen.« Er notierte noch ihren Namen und die Anschrift, dann durfte sie gehen.

Erschöpft von der Aufregung dieses Nachmittags, verspürte Rosalie selbst ein leichtes Zittern in ihrem Körper und fühlte sich auf einmal sehr müde.

Da hörte sie plötzlich eine sich überschlagende Stimme, die ihren Namen rief. Überrascht drehte sie sich um und sah Jonathan bestürzt herbeilaufen.

»Rosalie, um alles in der Welt, was ist passiert? Geht es dir gut?« Sie musste schrecklich aussehen! Ihre Haare hingen ihr wild und zottelig ins Gesicht und ihre Kleidung stank nach Rauch. Jonathan strich ihr besorgt eine Strähne aus der Stirn und hob ihr Kinn ein wenig an. »Bist du in Ordnung?«, fragte er noch einmal.

Sie nickte, aber brachte keinen Ton heraus. Sie spürte Tränen in sich aufsteigen, aber auf keinen Fall wollte sie Schwäche zeigen. Sie schluckte sie mit aller Gewalt hinunter und versuchte ihre Fassung wiederzuerlangen. Jonathan legte einen Arm um sie. Offensichtlich dachte er, bei ihr hätte es gebrannt.

Rosalie nahm Haltung an und deutete mit einer Hand auf Frau Meybachs Wohnung.

»Sie hat den Herd angelassen. Ich kam gerade noch rechtzeitig.« Sie machte eine kleine Pause, dann fuhr sie fort: »Du kannst mich jetzt ruhig wieder loslassen.«

Jonathan atmete hörbar erleichtert aus. Er zog seinen Arm zurück und grinste verlegen. »Da bin ich aber froh, dass du jetzt nicht ausziehen musst«, und rasch fügte er noch an: »und dass nicht das ganze Haus abgebrannt ist! Da wären wohl nicht nur wir beide obdachlos geworden.«

»Na ja, wir hätten ja dann alle erst mal eine große WG gründen können«, bemerkte Rosalie scherzhaft, aber man sah ihr den Schreck der letzten halben Stunde durchaus noch an.

Das fiel auch Jonathan auf. »Ganz ehrlich, du siehst schrecklich aus!« Er strich ihr sanft über den Kopf. »Ich glaube, ein Kaffee würde dir jetzt guttun.« Er sah sie mit einem Augenzwinkern an. »Den hast du dir auf jeden Fall redlich verdient!«

Rosalie hatte im Augenblick nicht die Kraft und die Nerven, lange darüber nachzudenken, ob es besonders sinnvoll war, in die Höhle des Löwen vorzudringen oder, etwas treffender formuliert, zu ihrem Objekt der Begierde, also dachte sie nicht lange über das Angebot nach und nahm es an. Sich jetzt auf ein gemütliches Sofa fallen zu lassen mit einer Tasse heißen Kaffees in Händen, schien ihr momentan so ziemlich die schönste Vorstellung zu sein.

»Einverstanden«, seufzte sie müde, denn erst jetzt begann der Stress ein wenig von ihr abzufallen. Auf dem Weg nach oben sah sie noch einmal bei Sonja Stromberg vorbei. Der Arzt war bereits vor Ort und die alte Frau Meybach schien noch einmal mit einem blauen Auge davongekommen zu sein. Doch ihre Wohnung wäre sicherlich fürs Erste nicht bewohnbar. Darüber würden sie sich hier im Haus noch Gedanken machen müssen.

In eine Decke gehüllt saß Rosalie neben Jonathan auf dem Sofa. Immer wieder sah er sie an mit diesem unbeschreiblich niedlichen, besorgten Gesichtsausdruck. Es war ihr beinahe schon unangenehm.

»Sieh mich doch nicht immer so an«, sagte sie schmunzelnd, »mir ist ja nichts passiert.« Sie fuhr sich durch das verstrubbelte Haar. »Nun gut, meine Frisur ist vielleicht etwas durcheinandergeraten.« Sie lachte, um die Stille zwischen ihnen zu durchbrechen. Doch Jonathan schien nicht darauf einzugehen. Rosalies Gedanken überschlugen sich. In seinem Blick lag etwas, das auf mehr hinzudeuten schien als auf bloße nachbarschaftliche Freundschaft. Das bildete sie sich wenigstens ein. Sollte sie sich einfach zu ihm hinüberbeugen und ihn küssen? Wer weiß, ob sich so eine Gelegenheit so schnell wieder fände und auf jeden Fall würde sie dann wissen, woran sie wäre. Sie rutschte ein wenig näher an Jonathan heran.

Doch plötzlich schien sie wie gelähmt. Sie wagte es nicht einmal, ihren Kopf in seine Richtung zu drehen. Was war nur los mit ihr? Die Konkurrentin war aus dem Haus und sie saß direkt neben ihrem Traummann. Was hielt sie also ab?

Tu es einfach!, suggerierte sie sich selbst wieder und wieder ein. Ihre Hand wanderte ein wenig weiter in die Nähe seines Schenkels. Sie konnte ihn schon fast berühren. Er schien auch nichts dagegen zu haben, denn er stellte augenblicklich seine Tasse ab und drehte sich noch ein wenig mehr zu ihr hin. Rosalie hielt inne. Würde sie jetzt weitermachen und er würde es zulassen, dann gab es kein Halten mehr, doch dann würden tausende und abertausende Fragen in ihrem Kopf herumschwirren und nach Antworten suchen: Warum auf einmal ich? Ist es aus mit ihr? Du stehst also nicht auf Monogamie? War es nur ein One-Night-Stand? Und das waren sicherlich noch nicht alle Fragen, die sich ihr hinterhältiges Hirn am laufenden Band ausdachte.

Statt also die Gelegenheit beim Schopf zu packen, rutschte sie wieder ein wenig zur Seite und versuchte vom Thema abzulenken, indem sie ihn in ein sachliches Gespräch zu verwickeln begann.

»Hör mal, was machen wir denn jetzt mit der alten Frau Meybach? Sie kann doch die nächsten Tage sicherlich nicht in ihre Wohnung zurückkehren. Soweit ich weiß, hat sie auch keine Familie und Angehörigen mehr.«

Jonathan zuckte mit den Schultern und griff nach seiner Kaffeetasse. »Ehrlich gesagt, ich habe keine Ahnung. Bei mir kann sie jedenfalls nicht einziehen. Du weißt ja, dass ich nicht allein bin und zu dritt wäre es ein bisschen eng.«

Rosalie schluckte schwer. Wusste sie es doch! Jetzt hatte sie den Beweis! Er war noch immer mit dieser Natalie zusammen. Offensichtlich hatte sie sich das Kribbeln, das in der Luft lag, nur eingebildet.

»Das ist ja mal wieder typisch! Wenn es darauf ankommt, seid ihr Männer immer am Kneifen!« Sie stellte die Kaffeetasse etwas zu schwungvoll auf den Tisch, sodass sie ein wenig überschwappte, doch das war ihr egal. Die Decke, die noch über ihren Schultern lag, fiel auf den Boden, als sie aufsprang und zur Wohnung hinausstürmte.

Jonathan wusste offensichtlich nicht, wie ihm geschah, denn er saß starr wie vom Blitz getroffen da und sagte keinen Ton mehr. Mit einer solch emotionalen Reaktion hatte er wohl nicht gerechnet.

Zurück in ihrer Wohnung warf sich Rosalie auf ihr Bett und vergrub das Gesicht in ihrem Kissen. Sie weinte all die Tränen, die sie in den letzten Wochen tapfer zurückgehalten hatte. Sie weinte auch darüber, dass sie sich selbst ständig im Weg stand und es einfach nicht fertigbrachte, sich das zu nehmen, was sie doch so unbedingt wollte.

Als die Tränen endlich versiegten, fasste sie einen Entschluss. Sie musste weg, am besten ganz weit weg! Zumindest jedoch so weit, dass sie *ihm* unter keinen Umständen begegnen konnte. Sie dachte an Frau Meybach. Vielleicht ließen sich ja sogar zwei Fliegen mit einer Klappe schlagen.

Sogleich nahm sie sich ihren Terminkalender zur Hand und prüfte, wann sie das letzte Mal im Urlaub gewesen war und wie viele Urlaubstage ihr daraufhin noch zustanden. Immerhin – fast noch volle drei Wochen! Es war eben doch gut, wenn man mit seinem Urlaub etwas sparsam umging.

Ermutigt durch die neue Idee, setzte sie sich an ihren Computer und suchte sich im Internet ein paar Urlaubsziele heraus, die für sie infrage kämen. Letztlich entschied sie sich dafür, nur zwei Wochen ihres Resturlaubs aufzubrauchen – man wusste ja nie, wofür man nicht doch noch den ein oder anderen freien Tag benötigte. Sie reservierte eine Pauschalreise nach Italien, das ein Hotel mit Halbpension direkt am Strand in Stadtnähe anbot. Nun musste nur noch ihr Chef zustimmen, dann stand ihrem neuen Plan nichts mehr im Weg.

Nach dem Abendessen klingelte sie bei Sonja Stromberg, die sich bislang rührend um ihre alte Nachbarin gekümmerte hatte. Frau Meybach fiel aus allen Wolken, als Rosalie ihr anbot, für die kommenden zwei Wochen ihre Wohnung beziehen zu dürfen, bis ihre eigene wieder bezugsfertig war.

»Kindchen, das ist ja lieb von Ihnen! Ich weiß nicht, wie ich Ihnen danken soll. Nun haben Sie schon meine Küche vor noch Schlimmerem bewahrt und jetzt darf ich auch noch bei Ihnen Unterschlupf finden. Gott segne Sie, mein gutes Kind! Sie sind ein Engel!« Dann klopfte sie auch Frau Stromberg dankend auf die Schulter und lächelte. »Ich bin ein wahrer Glückspilz!«

Unfassbar, dachte Rosalie, wie man das Leben doch immer noch so positiv sehen konnte, nach alldem, was der alten Dame passiert war. Nicht viele Menschen waren so dankbar. Sie dachte kurz an ihre eigenen Sorgen. Verglichen damit kamen sie ihr fast lächerlich vor. Von alten Menschen konnte man so unglaublich viel lernen.

Rosalie stellte eine kleine Schale mit Keksen und eine Tasse frisch aufgebrühten Cappuccinos auf ein kleines Tablett und betrat das Zimmer ihres Chefs. Sie wusste, was es benötigte, ihn milde zu stimmen. Sie kannte ihn schon lange genug.

Ihr Plan ging auf! Sie durfte ihren Urlaub für die nächsten beiden Wochen eintragen. Nun musste sie nur noch die drei folgenden Arbeitstage hinter sich bringen, dann würde sie im Flieger nach Italien sitzen. Bella Italia – das Leben konnte doch schön sein!

8

Der Koffer ließ sich beim besten Willen nicht schließen, doch sie wollte sich nicht eingestehen, dass sie zu viel eingepackt hatte. Nun gut, das ein oder andere Röckchen und vielleicht ein Paar Schuhe könnte sie unter Umständen doch zu Hause lassen. Sie nahm auch noch das Abendkleid heraus – sie würde alleine ja sowieso nicht ausgehen und die Abende vermutlich eher im Hotel verbringen. Erneut versuchte sie, den Kampf mit dem Reißverschluss auf sich zu nehmen, und diesmal mit Erfolg. Sie stellte ihr Gepäck an die Garderobe, zog Schuhe und Jacke über und vergewisserte sich noch einmal, dass sie alle Reiseunterlagen eingesteckt hatte.

Im Stockwerk unter ihr machte sie halt und klingelte. Sonja Stromberg öffnete die Tür und nahm den Schlüssel für Rosalies Wohnung entgegen sowie Rosalies Mobilnummer, falls man sie dringend erreichen müsse. »Ich werde den Schlüssel nachher Frau Meybach geben. Sie hat sich gerade drüben in unserem Gästezimmer zu einem kleinen Mittagsschläfchen hingelegt. Es ist wirklich eine tolle Idee von Ihnen, Ihre Wohnung zur Verfügung zu stellen.« Die freundlichen Augen ihrer Nachbarin lächelten ihr entgegen.

»Ach, das ist doch nicht der Rede wert. Sie haben sich ja bislang auch sehr viel Mühe gemacht, die alte Dame bei sich unterzubringen. Haben Sie schon mit der Versicherung und den Handwerkern telefoniert?«

»Ja, das habe ich. Machen Sie sich keine Sorgen. Alles läuft bestens. Meine kleine Tochter freut sich sogar, dass wir gerade Besuch haben und die alte Dame kümmert sich liebevoll wie eine Oma um Emily.«

»Das ist schön! Dann kann ich ja ohne Bedenken in den Urlaub fahren.«

»Ja bitte, tun Sie das unbedingt! Und wenn Sie wieder da sind, trinken wir mal ein Gläschen Sekt zusammen!«

»Prima Idee. Aber bitte, nennen Sie mich Rosalie.« Sie reichte ihr die Hand.

Die junge Frau ergriff sie und bestätigte. »Und ich bin Sonja!«

»Na dann, auf eine gute Nachbarschaft!«

Rosalie hatte sich ein Taxi bestellt, das sie zum Flughafen brachte.

Nachdem sie eingecheckt und ihr Gepäck aufgegeben hatte, setzte sie sich noch in eines der Flughafencafés und trank eine Latte macchiato. Aus ihrer Handtasche entnahm sie einen Brief, den sie noch vor ihrer Abreise in ihrem Briefkasten vorgefunden hatte. Sie hatte ihn sich extra für die Reise aufgehoben und freute sich nun schon sehr darauf, ihn zu öffnen. Er war von ihrer neuen unbekannten Brieffreundin.

Liebe Rosalie,
Ihr Leben scheint ja tatsächlich ein wenig durcheinandergeraten zu sein. Gestatten Sie mir, Ihnen einige praktische Ratschläge mit auf den Weg zu geben.
Devise Nummer eins heißt: Immer einen kühlen Kopf bewahren. Nichts und niemand kann Ihnen das Leben

schwermachen, ausgenommen Sie selbst. All Ihre Gedanken formen Ihre Realität und dieser sind Sie dann hoffnungslos ausgeliefert, vorausgesetzt, Sie glauben den ganzen Stuss, den Ihr Kopf eifrig zu fabrizieren versucht.

Rosalie musste unwillkürlich schmunzeln und wunderte sich insgeheim über die Ausdrucksweise der alten Dame. Möglicherweise ist sie doch noch nicht so alt, wie ich dachte, schloss sie ihren Gedankengang ab.

Devise Nummer zwei lautet: Treten Sie bildlich gesprochen einen Schritt zurück und betrachten Sie die Situation und ihre damit verbundene Problematik von außen. Sehen Sie sich selbst als eine Art Schauspielerin in einem Theaterstück. Nun werden Sie vorübergehend die Rolle mit einem Zuschauer wechseln. Dabei können Sie manchmal Dinge wahrnehmen, die Ihnen zuvor verborgen geblieben sind.

Und schließlich noch Devise Nummer drei: Wenn Sie sein Herz wirklich gewinnen wollen, dann riskieren Sie etwas! Warum zögern Sie? Wovor haben Sie Angst? Es gibt nichts, was Sie nicht tun dürfen. Niemand kann Sie zu etwas zwingen oder Ihnen etwas anhaben, es liegt alles in Ihrer Hand. Sie bestimmen über Ihr Leben. Dies sollten Sie sich allzeit vor Augen führen und vergegenwärtigen.

Abschließend für heute möchte ich Ihnen noch eine kleine Lebensweisheit mit auf den Weg geben, die meine Sicht auf mein Leben selbst sehr verändert und damit stark geprägt hat:

Das Leben bedeutet Freiheit und Liebe kann nur in Freiheit entstehen!

Es grüßt Sie herzlich

L.M. Talhoff

PS: Um ein bisschen konkreter zu werden: Laden Sie ihn bei Gelegenheit zu einem schönen Abendessen bei Ihnen ein. Lassen Sie Ihre weiblichen Reize spielen und sorgen Sie dafür, dass er Sie unwiderstehlich findet. Der Rest regelt sich dann vermutlich von selbst.

Alles Gute!

Ach ja, und lassen Sie mich wissen, ob ich recht hatte.

Und was die Zufälle anbelangt; sie sind statistisch gesehen möglich …

Überwältigt von den Zeilen, die sie soeben gelesen hatte, ließ sie den Brief auf ihren Schoß sinken und dachte über das nach, was Frau Talhoff ihr geschrieben hatte. Die Dame schien sehr viel von Psychologie zu verstehen. Im letzten Satz verriet ihre unbekannte Schreiberin allerdings, dass sie mit beiden Beinen auf dem Boden stand und eher Realistin als Traumtänzerin war. Nun gut, jeder, wie er mag.

Dennoch – an einer Stelle drückte sie sich eher widersprüchlich aus, fand Rosalie. Noch einmal las sie die beiden letzten Abschnitte: Liebe kann nur in Freiheit entstehen, und dann etwas weiter unten empfahl ihr ihre unbekannte Ratgeberin aber wiederum, um ihn zu kämpfen. Wie konnte das alles zusammenpassen? Er sollte doch freiwillig zu ihr kommen oder hatte sie da etwas missverstanden? Lag ein bisschen Nachhelfen noch im Rahmen der Freiheit und wann wusste sie, dass es wirklich Liebe war? Fragen über Fragen. Rosalie rauchte der Kopf.

Sie sah auf die große Anzeigentafel gegenüber ihres Cafés und packte ihre Sachen zusammen. In Kürze würde das Boarding beginnen und es wäre besser, rechtzeitig an Ort und Stelle zu sein.

Wider Erwarten genoss sie den Flug und stieg gut gelaunt in ihrem Hotel in Italien ab.

Nachdem sie ihr Zimmer bezogen hatte, trat sie hinaus auf den kleinen Balkon, von dem aus man bis zum Meer blicken konnte. Das Wetter war traumhaft. Nicht ein Wölkchen war am Himmel zu sehen und überall roch es nach Pinien. Rosalie atmete tief ein. Sie liebte diesen süßen Duft des Südens und die Geräusche der Grillen, die ohne Pause ihre Lieder zirpten. Verträumt schloss sie die Augen. Sie hatte es geschafft! Sie hatte sich gelöst von ihren Fesseln. Wenigstens vorübergehend. Das war doch schon einmal ein Anfang. Sie dachte an den Brief in ihrer Tasche. Jetzt war der richtige Zeitpunkt! Kein Aufschieben und keine Ausflüchte mehr. Sie wollte ihr Leben ändern! Dann musste sie auch etwas dafür tun. Gleich morgen würde sie versuchen, Devise eins umzusetzen.

Das Frühstücksbuffet war ein Traum. Rosalie wusste nicht, wie sie all die Herrlichkeiten verspeisen konnte, ohne dabei zahlreiche Pfunde zuzulegen. Mit sehnsüchtigem Blick, aber doch etwas ernüchtert, griff sie nach einem Brötchen mit ein wenig Käse und Marmelade sowie einer Schale frischen Obstes. Der Erdbeerquark und das Müsli würden morgen an die Reihe kommen. Gut gelaunt setzte sie sich an einen Tisch, der ihr einen herrlichen Meerblick versprach. Genussvoll biss sie in ihr Brötchen. Sie ließ sich viel Zeit und genoss jeden Augenblick in vollen Zügen.

Nach dem Frühstück begab sie sich in das kleine Städtchen und bummelte entlang der aparten Häuser und Touristenshops, bis sie am Marktplatz an einem kleinen Brunnen haltmachte. Aus dieser Perspektive betrachtet war das kleine Örtchen ein wahres Idyll.

Vor Jahren hatte sie in ihren Urlauben stets beeindruckende Fotos von allerlei Sehenswertem geschossen, die sie dann zu Hause in einem separaten Fotoalbum aufbewahrte. Dazu hatte sie kleine Texte verfasst, die sie an ihre besonderen Reisen und die persönlichen Erlebnisse erinnerten. In den letzten drei Jahren hatte sie sich diese Mühe nicht mehr gemacht. Warum es so gekommen war, konnte sie selbst nicht beantworten. Sie nahm sich vor, diese liebgewonnene Gewohnheit wieder aufleben zu lassen.

Rosalie spazierte die Weinberge hinauf und genoss auch hier noch einmal die herrliche Aussicht. Wie gut es doch tat, dass sie jetzt hier war. Es war genau der richtige Zeitpunkt, um alles hinter sich zu lassen. Für einen Moment dachte sie an die alte Frau Meybach und freute sich, dass sie ihr mit ihrer Wohnung einen wirklichen Dienst erweisen konnte. Und mit Sonja an ihrer Seite würde sie schon zurechtkommen, falls doch noch ein Problem auftauchen sollte.

Den restlichen Nachmittag verbrachte Rosalie am Meer. Glücklicherweise war noch keine Hauptsaison, daher war der Strand nicht allzu sehr überfüllt.

Erst als eine frische Brise vom Meer die Luft etwas abkühlen ließ, machte sie sich auf den Rückweg zum Hotel.

Als sie nach dem Abendessen auf ihr Zimmer ging, blinkte ihr Handy schon mit einer Nachricht. Eine Nummer, die sie noch nie zuvor gesehen hatte, hatte offensichtlich versucht, mit ihr Kontakt aufzunehmen.

Hallo Rosalie – habe gehört, du bist auf Urlaubsreise – warum hast du nichts gesagt? – Entschuldige, dass ich so mit der Tür ins Haus falle. Deine Nummer habe ich von Sonja Stromberg, du hattest sie ihr für Notfälle hinterlassen. Keine Sorge, im Haus ist alles so weit in Ordnung. Frau Meybach scheint sich in deiner Wohnung gut eingelebt zu haben und natürlich schaue ich ab und zu mal nach ihr. Aber ich muss zugeben, du wärst mir lieber! Warum ich dich in deinem Urlaub störe ... es fällt mir nicht ganz leicht, das zu sagen, aber seit unserem letzten Zusammentreffen nach dem Brand bin ich ein bisschen durcheinander. Ich spüre, dass da etwas zwischen uns ist und werde das Gefühl nicht los, dass du es genauso empfindest. Bist du deswegen so plötzlich auf und davon? Ich weiß nicht, wie alles weitergehen soll, aber eines weiß ich genau: Ich möchte dich unbedingt wiedersehen! Wenn du zurück bist, dann melde dich bei

Vor Schreck wäre ihr beinahe ihr Handy aus der Hand gefallen. Was hatte er da geschrieben? Hatte sie richtig gelesen? Er wollte sie wiedersehen und außerdem bekochen und gemeinsam mit ihr einen romantischen Abend verbringen?

Fassungslos ließ sie sich auf ihr Bett fallen. Das durfte doch alles nicht wahr sein! Ihr Traummann warb nun ganz offen um sie und sie war bis auf Weiteres nicht zu Hause! Verzweifelt raufte sie sich die Haare. Hatte sie doch vor ein paar Stunden noch geglaubt, sie hätte mit dieser Flucht genau die richtige Entscheidung getroffen! Was spielte das Schicksal doch für ein gemeines Spiel mit ihr!

Sie entnahm der Minibar in ihrem Zimmer eine Flasche Prosecco und setzte sich hinaus auf den Balkon. Was sollte sie tun? Sie war sich nicht sicher, ob sie auf die Nachricht antworten und vor allem, ob sie ihm ihre Gefühle offenbaren sollte. Sie hatte keine Ahnung, was gerade in ihr vorging. Das war ein völlig neuer Zustand. Noch nie waren ihre Emotionen so durcheinander gewesen. Unglaublich, was Liebe mit einem machte! Ratlos starrte sie noch immer auf Jonathans Zeilen, dann, mit einem Mal, wusste sie, was zu tun war. Sie durchwühlte ihren Koffer und zog ein zerknittertes Blatt Papier hervor. Auf einer Seite hatte sie ein paar Notizen bezüglich ihrer Reise gemacht, doch nichts wirklich Wichtiges. Sie strich das Papier glatt und schrieb auf die noch freie Seite:

Liebe Frau Talhoff,

Hilfe! Ich bin in Not und weiß nicht mehr, was ich tun soll! Ich habe mich nach meinem letzten Treffen mit Jonathan in einen zweiwöchigen Italienurlaub gestürzt, und nun schrieb er mir überraschenderweise, dass er mich vermissen würde und Gefühle für mich hätte. Und was total zum Lachen ist, er will mich nach meiner Rückkehr zu sich zum Essen einladen. Das war doch eigentlich Ihr Geheimtipp für mich gewesen! Nun scheinen sich die Dinge zu verselbstständigen. Halten Sie dieses Geständnis für glaubwürdig, denn vor meiner Abreise hatte er noch immer seine Freundin. Denken Sie, er wird mit ihr Schluss machen oder sollte ich ihn stattdessen lieber bei den Schürzenjägern verbuchen, die ständig neue Eroberungen suchen?

Bitte entschuldigen Sie, ich überschütte Sie mit Fragen. Dabei kennen Sie weder ihn noch mich. Vermutlich ist es nicht sonderlich realistisch, sich da ein klares Bild zu machen und schon gar nicht ein faires Urteil zu fällen. Aber falls Sie doch einen Rat für mich haben sollten oder Ihnen etwas einfiele, was mir weiterhelfen könnte, dann lassen Sie es mich bitte wissen.

Entschuldigen Sie die wenig professionelle Briefform. Ich hatte nichts anderes hier vor Ort.

Bitte schreiben Sie mir, so schnell es Ihnen möglich ist. Ich hoffe auf Ihren Rat!

Ihre unbekannte und immer dankbare Brieffreundin Rosalie Parker

Zum ersten Mal wurde Rosalie bewusst, wie wichtig ihr der Briefaustausch mit dieser Frau Talhoff geworden war. Seltsam, dass sie immer gleich an sie denken musste, wenn sie selbst steckenzubleiben drohte. Aber manche Menschen, egal welchen Geschlechts oder Alters sie waren, hatten eben etwas Magisches an sich.

Tatsächlich pochte Rosalies Herz in Erwartung einer baldigen Antwort ein wenig schneller. Als sie den Brief zusammenfaltete, wurde ihr bewusst, dass sie keinen Briefumschlag zur Hand hatte. Doch bei diesem Problem konnte ihr vermutlich der Hotelportier weiterhelfen. Sie würde sich gleich nach dem Abendessen darum kümmern. Vielleicht kam der Brief dann schon in einigen Tagen an und wenn Rosalie Glück hatte, wartete bei ihrer Ankunft zu Hause ein Antwortschreiben von Frau Talhoff auf sie.

Mit einem Seufzer stand sie auf und nahm noch einen Schluck Prosecco. Sie ließ ihren Blick über das Meer gleiten, in dem sich die Abendsonne in einer wunderschönen orange-roten Färbung spiegelte. Dieser Urlaub würde der längste ihres Lebens werden – dessen war sie sich sicher.

Trotz Jonathans überraschender Nachricht – sie hatte ihm bis jetzt noch immer nicht geantwortet – konnte Rosalie, entgegen allen Befürchtungen, ihren Urlaub in vollen Zügen genießen. Täglich nahm sie sich etwas Neues, Interessantes vor, erkundete die Umgebung oder nahm an Ausflügen teil. Sie versuchte das Vergangene zu vergessen und auch nicht allzu tief in die noch unbekannte Zukunft einzutauchen, die so viel Ungewissheit mit sich brachte. Zuweilen war sie fast ein bisschen stolz auf sich, dass es ihr von Tag zu Tag besser gelang, sich auf das Hier und Jetzt einzulassen und den Moment zu genießen. Devise eins „einen kühlen Kopf bewahren" hatte sie also umgesetzt. An Devise zwei arbeitete sie noch, aber auch das gelang ihr schon ab und an. Devise drei ließe sich allerdings erst umsetzen, wenn sie wieder mit *ihm* konfrontiert war. Diese Sache aufschieben zu müssen, machte sie ein wenig nervös, aber es ließ sich nicht ändern und letztlich hoffte sie natürlich auch noch auf den Rat ihres Schutzengels, wie sie Frau Talhoff inzwischen heimlich betitelte.

Am Tag der Abreise war Rosalie gemischter Gefühle. Erinnerungen und Zukunftsängste bestürmten sie zur selben Zeit. Sie konnte nicht gerade sagen, dass sie den Heimflug genoss und doch war da etwas, auf das sie brannte. Merkwürdigerweise konnte sie es selbst nicht richtig fassen. Es war ein gutes Gefühl, eine vertrauensvolle Hoffnung auf was auch immer.

Trotz eines kurzen Telefonats am Vortag, bei dem sie erfahren hatte, dass Frau Meybach ab sofort wieder ihre eigene Wohnung beziehen konnte, klingelte sie zweimal, bevor sie die Tür aufschloss. Bereits auf den ersten Blick nahm sie wahr, dass die alte Dame mit ihrem Heim sehr pfleglich umgegangen war. Tisch und Küche waren aufgeräumt, das Bett frisch bezogen und die Blumen waren ganz offensichtlich regelmäßig gegossen worden. Ein freudiges Lächeln breitete sich auf Rosalies Gesicht aus. Wie schön es doch war, wieder zu Hause zu sein.

9

Nach der Arbeit am Montag beeilte sich Rosalie nach Hause zu kommen. Sie hatte nachgerechnet. Wenn der Brief an Frau Talhoff bis Ende der letzten Woche bei ihr eingegangen war, so würde sie ab heute sicherlich schon mit einer Antwort rechnen können. Sie konnte sich einer gewissen Vorfreude nicht erwehren, als sie den Briefkasten aufschloss und die Post herausnahm. Es waren einige Werbebroschüren und drei Briefe dabei. Hektisch ließ sie sie durch ihre Hände gleiten. Da gab es ein Schreiben der Bank, einen Brief vom Finanzamt und eine Benachrichtigung ihres Autohauses für einen Tag der offenen Tür. Rosalie seufzte enttäuscht und steckte die Briefe in ihre Tasche.

Am Abend telefonierte sie mit ihrer Mutter und versprach am Wochenende wieder einmal bei ihr vorbeizuschauen. Direkt im Anschluss rief Tizia an und fragte, wie der Urlaub gewesen sei. Rosalie war dankbar für diese gelungene Ablenkung und erzählte ausführlich von ihrer Reise. Sie redete sich so in Begeisterung hinein, dass sie sich beinahe verplappert hätte, was ihr kleines Geheimnis anbelangte. Einen kurzen Moment lang überlegte sie, ob sie ihrer Freundin nicht einfach reinen Wein einschenken sollte, aber sie brachte es nicht fertig. Irgendetwas hielt sie zurück. Auf der anderen Seite fehlte es ihr so sehr, nicht mit ihren engsten Vertrauten über das sprechen zu können, was sie bewegte. Daher entschied sie sich, wenigstens mit der halben Wahrheit herauszurücken. Sie erzählte von ihrer neuen Brieffreundschaft, die aufgrund einer Verwechslung zustande gekommen war.

»Und du bist immer noch mit dieser Frau in Kontakt?«

»Ja, es klingt verrückt, ich weiß! Aber wir schreiben uns ständig, fast so, als hätten wir auf anderer Ebene eine enge Verbindung zueinander.«

»Was meinst du mit anderer Ebene?«

»Na ja, so in spiritueller oder geistiger Hinsicht. Man könnte auch sagen, wir schwimmen auf derselben Welle.«

»Was ich von diesem spirituellen Zeugs halte, weißt du ja. Also, verschone mich lieber damit«, lachte Tizia in den Hörer. »Aber lustig ist diese Geschichte schon, und dass man ganz realistisch einen Draht zu jemandem entwickeln kann, das glaube ich durchaus.«

»Wie auch immer! Du weißt ja, dass ich bei solchen Themen gerne ein bisschen über meine Nasenspitze hinausdenke.«

»Und worüber schreibt ihr dann die ganze Zeit? Doch nicht übers Wetter?«, fragte Tizia scherzhaft und neugierig zugleich.

Verdammt! Nun kam sie doch noch ins Straucheln. In ihrem Kopf herrschte Chaos, die Worte überschlugen sich und das Schlimmste war, dass ihr die ganze Zeit über bewusst war, dass ihre Lüge auffliegen würde, wenn sie nicht schnellstens eine überzeugende Antwort lieferte.

»Ach weißt du, wir schreiben über dies und das und ich erzähle ihr von meinem sterbenslangweiligen Alltagstrott.« Ihr gekünsteltes Lachen klang nicht gerade überzeugend. Das merkte auch Tizia.

»Tatsächlich? Ich dachte schon, es würde endlich mal

was Aufregendes in deinem Leben passieren und du würdest es mir vielleicht vorenthalten – jetzt, wo du eine unbekannte Brieffreundin hast, der man seine Sorgen anvertrauen kann«, zog sie sie weiter auf.

Wenn Tizia wüsste, wie sehr sie den Nagel auf den Kopf getroffen hatte, dann hätte sie an dieser Stelle nicht das Thema gewechselt. Stattdessen hätte sie ihre Freundin vermutlich ausgequetscht wie eine reife Zitrone und auch noch das letzte bisschen ihres Geheimnisses aus ihr herausgeholt. Doch so ging der Kelch der Wahrheit noch einmal an Rosalie vorüber und sie war erleichtert, dass alles wieder seine Ordnung hatte.

Leider brachten auch die folgenden Tage keinen ersehnten Antwortbrief ihrer Briefbekanntschaft und Rosalie machte sich inzwischen beinahe mehr Sorgen darüber, warum von Frau Talhoff kein Schreiben eintraf, als dass sie darüber nachdachte, wie sie mit dem Problem Jonathan fertig werden würde.

Der alten Dame würde doch nichts zugestoßen sein? Sollte sie womöglich zu ihr fahren und nachsehen, ob es ihr gut ginge? Ihre Anschrift hatte sie ja.

Da der kleine Ort Schotten aber nicht gerade um die Ecke lag, verwarf sie den Gedanken fürs Erste wieder. Was einfacher wäre, wäre ein Anruf. Mit etwas Glück stand sie ja im Telefonbuch. Rosalie schlug sofort nach. In Schotten gab es nur zwei weibliche Talhoffs. Eine Christina und eine Lisa. Dann musste es wohl Lisa sein. Eine Adresse war nicht aufgeführt. Rosalie verharrte einen Moment. Sie stand vor einer schwierigen Herausforderung.

Sollte sie anrufen und sich vergewissern, dass alles in Ordnung war, oder machte sie sich zu viele unbegründete Sorgen? Es gab ja auch noch die Möglichkeit, dass ihre unbekannte Ratgeberin verreist war so wie sie selbst vor kurzem erst. Auch alte Leute machten durchaus noch Urlaub, wenn die Gesundheit es zuließ. Ein wenig erleichtert strich sie sich die Haare aus der Stirn.

In der Nacht wurde sie mehrmals wach. Sie träumte von einer gebrechlichen alten Frau, die alleine durch die Welt irrte, und niemand wollte ihr die Tür öffnen. Am Ende legte sie sich dann auf eine Bank im Park und starb einsam und traurig. Während sie starb, wurde sie wieder zur jungen Frau, zum Kind und dann … ja dann schließlich wurde sie zu einem kleinen Jungen!

Rosalie fuhr erschrocken hoch und atmete schwer. Der Traum war so realistisch gewesen, dass sie sich schwertat, wieder in die Wirklichkeit zurückzufinden. Es fiel ihr selbst dann noch schwer, als sie sich bereits mehrfach beteuerte, dass alles nur in ihrem Kopfkino stattgefunden hatte.

Als sie wieder klar denken konnte, fasste sie dennoch einen Entschluss: Falls dieser Traum ihr doch etwas sagen wollte, dann sicherlich, dass sie sich dringend um diese Frau Talhoff kümmern musste. Lange genug hatte diese ihr geholfen, jetzt wurde erstmals sie selbst gebraucht und konnte ihr endlich zurückgeben, was sie ihr schuldig war. Sie nahm sich vor, die Kontaktsuche am nächsten Tag fortzusetzen.

Nach der Arbeit schloss sie auf dem Weg nach oben wie immer ihren Briefkasten auf. Nichts. Nicht ein Brief, nicht einmal ein Werbeprospekt war darin enthalten. Ihre letzte Hoffnung schwand dahin. Sie würde nicht darum herumkommen, Frau Talhoff anzurufen, wenn sie wissen wollte, wie es ihr ginge.

In der Wohnung angelangt, schlug sie daher noch einmal das Telefonbuch auf und wählte die Nummer von Lisa Talhoff. Nach achtmaligem Klingeln ertönte eine automatische unpersönliche Stimme, die versprach, das Anliegen des Anrufers aufzuzeichnen. Spätestens jetzt musste sie sich entscheiden, ob sie es wagte, eine Nachricht zu hinterlassen, oder ob sie auflegen sollte. Sie entschied sich für die Nachricht.

»Guten Tag, Frau Talhoff. Hier spricht Rosalie. Rosalie Parker. Ich … äh … ich weiß ehrlich gesagt nicht, ob Sie mich … kennen. Eigentlich kennen wir uns ja auch gar nicht … nur per Brief … Vielleicht sind Sie ja auch gar nicht diejenige, die mich stets auf dem Postweg an ihren Lebensweisheiten teilhaben lässt. … Für den Fall, dass Sie es aber doch sind, möchte ich mich erst einmal ganz herzlich bedanken für Ihre klugen Worte. Sie haben mir sehr geholfen. Da ich nun schon eine geraume Zeit nichts mehr von Ihnen gehört habe, beginne ich mir ein wenig Sorgen zu machen. Ich hoffe, Ihnen geht es gut. Bitte melden Sie sich doch gerne einmal zurück oder schreiben Sie mir wieder, wenn Ihre Gesundheit es Ihnen erlaubt. … Ich wünsche Ihnen alles Gute. Auf Wiederhören.«

Es fühlte sich an wie eine Woge der Erleichterung,

die über sie hinwegging, als sie den Hörer auflegte. Natürlich wusste sie immer noch nicht, was mit der alten Dame geschehen war, aber zumindest hatte sie getan, was ihr möglich war.

Der Wecker riss sie aus dem Schlaf und läutete den letzten Arbeitstag vor dem Wochenende ein. Das machte es wenigstens ein kleines bisschen besser, sich aus dem Bett zu quälen. Die Arbeit im Büro hatte einen inzwischen unüberschaubaren Berg auf ihrem Schreibtisch hinterlassen. Dies trug nicht gerade zu besserer Laune bei Rosalie bei. Nach dem Urlaub war sie nun schon wieder eine Woche im Alltagstrott gefangen, von Frau Talhoff gab es noch immer kein Lebenszeichen und Jonathan hatte sie seit ihrer Rückkehr aus Italien auch nicht mehr gesehen. Hingegen war ihr aber nicht entgangen, dass sein Anhängsel seit Mittwochabend wieder zugegen war. Sie konnte ihr Gelächter manchmal bis ins Treppenhaus hören.

Im Moment wünschte sie sich nur noch eines: den letzten Arbeitstag der Woche endlich hinter sich zu bringen und dann einem entspannten Wochenende entgegenzusehen. In diesem Zusammenhang fiel ihr ein, dass sie ihrer Mutter versprochen hatte, bei ihr vorbeizukommen. Sicher würde sie wieder viele Fragen stellen über verflossene und zukünftige Schwiegersöhne. Rosalie rümpfte die Nase. Das entsprach nicht gerade der Entspannung, nach der sie sich sehnte.

10

Klappernd stellte sie den Topf auf den Herd und goss Tomatensauce hinein, die sie noch mit einigen Kräutern und etwas Knoblauch verfeinerte. Vorsichtig rührte sie um, bis sich leichte Bläschen auf der Oberfläche der Sauce bildeten. Dann schaltete sie den Herd zurück und setzte Wasser für die Spaghetti auf.

Da klingelte das Telefon. Rosalie legte den Kochlöffel beiseite und wischte sich die Hände am Küchentuch ab. Eilig sprang sie zum Telefon und drückte die grüne Taste herunter, um das Gespräch anzunehmen. Vermutlich war es ihre Mutter, die noch die genaue Uhrzeit für Sonntag mit ihr vereinbaren wollte.

»Ja, hallo?«, rief sie daher etwas kurz angebunden.

»Guten Tag … Frau Parker? Bin ich richtig verbunden? Hier spricht Lisa Talhoff.«

Freudig überrascht entgegnete Rosalie: »Frau Talhoff! Das ist aber schön, dass Sie sich melden. Ich hatte gar nicht mit Ihrem Anruf gerechnet, da ich in der Aufregung ganz vergaß, Ihnen meine Nummer zu hinterlassen. Aber die modernen Telefone speichern ja alle Anrufe ab. Insofern war das wohl kein Problem.« Sie lachte ein wenig unbeholfen.

»Ja, das ist richtig. Genauso war es.«

Rosalie fiel auf, dass die Anruferin noch recht jung klang und sie musste unwillkürlich schmunzeln, als sie an ihre selbst zusammengebastelten Schlussfolgerungen dachte. Nein, eine alte Dame war sie nun wirklich nicht.

»Frau Parker. Ich wollte mich für Ihren freundlichen Anruf bedanken …«, es entstand eine kleine Pause, »… jedoch muss ich Ihnen mitteilen, dass ich nicht die gesuchte Person bin, die Sie zu finden geglaubt haben. Ich kann mich jedenfalls nicht daran erinnern, je mit Ihnen in Briefkontakt gewesen zu sein. Auch habe ich Ihren Namen nie zuvor gehört. Ich dachte aber, da es Ihnen so wichtig erschien, dass die Nachricht auch bei der gesuchten Person ankommt, ich melde mich lieber und kläre das auf.«

Es war wie ein Schlag ins Gesicht. Die falsche Nummer! Alles war umsonst gewesen. Sie hätte es sich gleich denken können. Wie konnte sie nur glauben, nachdem die Hälfte der Angaben im Branchenbuch nicht mit Frau Talhoffs Adressdaten übereinstimmte, dass sie sie gefunden hatte?

»Oh, bitte verzeihen Sie, dass ich Sie mit meinem Anruf neulich belästigt habe, Frau Talhoff. Es ist mir höchst unangenehm.« Sie wusste nicht mehr, was sie sagen sollte. »Es war eine ungeschickte Verwechslung. Entschuldigen Sie nochmals.«

»Das ist doch gar kein Problem. Ich finde es reizend, dass Sie versuchen, jemanden auf diese Art und Weise ausfindig zu machen. Es tut mir nur leid, dass ich Ihnen nicht weiterhelfen kann, aber ich wünsche Ihnen für Ihre Suche alles Gute!«

»Danke und auf Wiederhören.«

»Auf Wiederhören. Ich drücke Ihnen die Daumen!«

Sie schaffte es gerade noch rechtzeitig in die Küche, bevor die Tomatensauce vollends auf dem Topfboden

einbrannte. Schnell nahm sie sie vom Herd. Puh, das war
ja gerade noch mal gut gegangen. Es roch jedoch schon
ein wenig angebrannt. Zur besseren Durchlüftung riss
sie sowohl das Küchenfenster als auch die Balkontüre
auf. Sie trat hinaus und wie es der Zufall so wollte, sah
sie ihr gegenüber Jonathan auf seinem Balkon sitzen.
Doch er war nicht alleine. Zwei weitere junge Männer
saßen mit ihm zusammen und spielten Karten. Mehrere
leer getrunkene Bierflaschen zierten den Tisch und den
Boden.

Sie war sich nicht sicher, ob sie mit einem Gruß auf
sich aufmerksam machen sollte. Jonathan schien sehr
ins Spiel vertieft zu sein und er hatte sie offenbar noch
nicht bemerkt. Aber einer der anderen Männer hatte sie
entdeckt und winkte herüber.

»Na, hübsche junge Frau, wollen Sie auch ein Bier?«
Er deutete mit dem Finger auf eine Kühlbox, die neben
ihm auf dem Balkon stand.

Rosalie schüttelte den Kopf. »Nein danke, ich halte
mich dann doch lieber an Wein.« Sie lächelte etwas verlegen und hob noch einmal die Hand zum Gruß. »Schönen Abend noch!«

Gerade als sie hineingehen wollte, hörte sie, wie Jonathan ihren Namen rief. »Hey, Rosalie, du kannst doch
jetzt nicht gehen! Komm doch ein wenig zu uns herüber. Es würde mich freuen. Wir haben uns schon lange
nicht mehr gesehen und eigentlich bist du mir noch einen Abend schuldig.« Er grinste verschmitzt. »Außerdem
würde ich gerne noch einen Bericht von deinem Urlaub
hören.«

Aufgewühlt fuhr sie herum. Das Schicksal drohte wieder einmal sich zu verselbstständigen.

»Ich weiß nicht so recht. Heute hast du ja Besuch. Vielleicht ein andermal.« Sie zog ihren rechten Mundwinkel zu einem halben Grinsen nach oben.

»Nein, nein. Das ist kein Problem. Die Jungs wollten sowieso gerade gehen und du kannst dich nicht immer herausreden!« Er warf ihr einen gespielt strengen Blick zu. »Ich mache dir einen Vorschlag: Wir spielen noch diese Runde zu Ende und die Jungs trinken noch ihr Bier aus. Anschließend kommst du herüber.«

Es hatte schon fast etwas Befehlsartiges. Jedenfalls fiel es Rosalie mit keinem Gedanken ein, ihm zu widersprechen. Sie nickte zustimmend und hob die Hand. Es blieb ihr gerade noch genug Zeit, um sich ihrem Abendessen zuzuwenden. Danach tauschte sie ihre Bluejeans gegen eines der neuen Sommerkleider. Sie verbrachte noch weitere fünf Minuten im Badezimmer und beschloss, das müsse reichen. Um nicht mit leeren Händen zu kommen, griff sie aus ihrem Vorratsschrank noch eine Packung Chips. Dann machte sie sich auf den Weg in die Höhle des Löwen.

Rosalie war im siebten Himmel. Es war der Abend der Abende! Er war an Romantik kaum noch zu überbieten. Jonathan hatte sich von seiner besten Seite gezeigt. Als sie zu ihm herüberkam, waren seine Freunde bereits gegangen. Die Stereoanlage spielte gedämpfte Musik, die Stehlampen am Sofa ließen den Raum in einem angenehmen Licht erstrahlen. Der Sektkübel und zwei Gläser standen schon bereit.

Rosalie drückte ihm die Chipstüte in den Arm und nahm auf der Couch Platz. Es hatte kaum zehn Minuten benötigt, da lagen sie sich schon in den Armen. Er bedeckte sie mit Küssen – überall. Es war wie im Traum. Endlich sagte und tat er all die wunderbaren Dinge, von denen sie schon seit Monaten geträumt hatte. Er beteuerte, wie sehr er sie vermisst habe und wie unglaublich sexy er sie fand. Während er an ihrem Ohr knabberte und ihr Liebenswürdigkeiten einhauchte, driftete Rosalie ins Paradies ab. Sie ließ sich treiben, spürte, wie er ihr Kleid hochschob, sie überall erkundete und dann auf einmal konnte es nicht schnell genug gehen.

Als er nach dem Akt ermüdet über ihr lag, war sie nicht ganz sicher, ob sie ihn zufrieden gestellt hatte.

»Weißt du, es ist schon ein Weilchen her, dass ich …«, begann sie zaghaft.

»Kein Problem! So etwas funktioniert instinktiv immer.« Er drehte sich zur Seite und stützte den Kopf auf seine Hand. »Und was heute noch nicht perfekt war, können wir dann ja beim nächsten Mal nachholen.«

Rosalie sah ihn erleichtert an. »Ja, das ist eine gute Idee.« Sie holte noch einmal tief Luft, um sich Mut zu machen, dann fragte sie: »Möchtest du denn, dass ich diese Nacht über bei dir bleibe?«

»Ganz wie du willst.« Er lächelte charmant und streichelte ihren Arm. »Bitte sei mir nicht böse, aber ich bin müde und schlafe jetzt sowieso.« Er gab ihr noch einen flüchtigen Kuss, löschte das Licht und drehte sich auf die andere Seite.

Nun gut, das hieß dann wohl, dass sie bleiben durfte. Sie war so glücklich und aufgedreht, dass es ihr die ganze Nacht nicht gelang, zur Ruhe zu finden. Sie wälzte sich im Halbschlaf von einer auf die andere Seite, stundenlang, bis sie es endlich aufgab. Leise stand sie auf, packte ihre Sachen zusammen und schrieb Jonathan eine kurze romantische Nachricht auf ein Stück Notizpapier, das sie auf seinem Schreibtisch gefunden hatte.

Es war das Schönste, das ich seit langem erlebt habe.
Ich brenne darauf, dich wiederzusehen!
Danke ...
Rosalie

Sie zog den Lipgloss aus ihrer Jeans, bemalte sich die Lippen und drückte dann noch einen Kussmund aufs Papier. Dann schlich sie sich in ihre Wohnung.

Freudig, wenn auch nicht gerade ausgeschlafen, erwachte Rosalie am anderen Morgen gegen zehn. Trotz der Müdigkeit breitete sich augenblicklich ein Gefühl der tiefsten Zufriedenheit in ihr aus. Sie fühlte sich voller Energie. Es war unglaublich, wie viele Reserven der Körper bereitstellte, wenn er in der richtigen Stimmung war. Vermutlich war sie seit ihres gemeinsamen Abends auf Daueradrenalin.

Nach dem Frühstück und einer ausgiebigen Dusche war sie bereit für den Sonntag – Mamatag! Wie sie ihre Mutter kannte, würde sie ihr ihre neuen zahlreichen Glückshormone direkt ansehen, egal wie sehr sie sich auch bemühte, sie vor ihr zu verbergen. Rosalie musste lächeln, aber haderte dennoch mit sich, wie viel sie ihrer Mutter erzählen sollte. Oder sollte sie überhaupt etwas erwähnen? Glücksgefühle konnten ja auch durch ganz profane Dinge entstehen, wie zum Beispiel eine Gehaltsaufbesserung, einen Lottogewinn oder schlicht und ergreifend das herrliche Wetter!

Sie schob den Gedanken beiseite. All das war Unsinn. Es ging schließlich nicht um irgendjemanden, sondern um ihre Mutter. Natürlich sollte sie sie in ihr Seelenheil einweihen. Es würde ihre Mutter sehr glücklich machen, wenn sie wüsste, dass ihre Tochter endlich einmal wieder verliebt wäre und die Gefühle dieses Mal offenbar von beiden Seiten aus stimmten.

Rosalie verließ das Haus um die Mittagszeit. Sie zögerte, als sie die Tür hinter sich schloss. Sie könnte noch rasch bei Jonathan klingeln und ihm einen guten Tag wünschen. Aber unter Umständen schlief er noch. Dann würde sie ihn wecken. Sie stellte sich sein Gesicht vor, wie er schlaftrunken die Tür öffnen würde. Unwillkürlich musste sie schmunzeln. Sie ließ von ihrem Vorhaben ab und machte sich auf den Weg zu ihrer Mutter.

Wie erwartet war ihre Mutter hocherfreut, als Rosalie einen neuen Mann an ihrer Seite erwähnte. Sie stellte tausend und abertausend Fragen und Rosalie hatte Mühe, sie alle zu beantworten. Trotz allem oder vielleicht gerade deshalb verbrachten die beiden einen gelösten Nachmittag in bester Stimmung, aßen Kuchen, spielten Canasta und redeten über eine noch nicht ganz ausgereifte zukünftige Epoche ihres Lebens.

Die beiden nahmen noch ein gemeinsames Abendbrot ein, dann machte Rosalie sich auf den Heimweg. Es war wie immer ein herzlicher Abschied, aber dieses Mal spürte sie so etwas wie Erleichterung bei ihrer Mutter. Vielleicht hoffte sie, sie würde ihre Tochter bald sicher unter die Haube bringen. Das sah ihr ähnlich! Nur zu gerne malte sie sich die Zukunft in allen Farben aus, auch wenn es dazu noch gar keinen konkreten Anlass gab. Frau Parker drückte ihrer Tochter noch einen Kuss auf beide Wangen und meinte, sie müsse den jungen Mann beim nächsten Mal unbedingt mitbringen.

»Natürlich«, versprach Rosalie und winkte fröhlich zum Abschied, noch immer nicht den leisesten Zweifel verspürend, dass Realität und Wunschdenken zwei Paar Stiefel waren.

Als sie ihre Wohnungstür aufschloss, hörte sie nebenan bei Jonathan das Telefon klingeln, doch niemand hob ab. Anscheinend war er nicht zu Hause. Schade – denn sonst hätte sie gerne noch bei ihm vorbeigeschaut.

Immer noch in Hochstimmung stellte sie die Stereoanlage an und legte eine ihrer Lieblings-CDs ein. Sie begann sich im Kreis zu drehen, tanzte, bis ihr die Luft wegblieb, und stieß schließlich einen überglücklichen Seufzer aus. Sie musste sich dabei sogar am Tisch festhalten, so aufgewühlt war sie.

Ja, sie war der glücklichste Mensch der Welt – dessen war sie sich sicher. Immer mehr wuchs in ihr das

dringende Bedürfnis, ihr Glück mit jemandem teilen
zu können.

Als hätte sie einen Geistesblitz, lief sie zu ihrem
Schreibtisch, zog die Schublade auf und holte einen Stift
und einen weißen Briefbogen hervor. Sie würde Frau
Talhoff schreiben und sich bei ihr bedanken! Die alte
erfahrene Dame hatte ihr schließlich gut zugeredet und
verdiente eine Rückmeldung. Kurz kam ihr noch einmal die Sache mit der noch ausstehenden Antwort ihrer
Briefeschreiberin in den Sinn, doch der Gedanke war
ebenso schnell wieder verschwunden, wie er aufgetaucht
war. Vermutlich war der Brief aus Italien nie bei Frau
Talhoff angekommen. Man hörte ja ab und an, dass es
Schwierigkeiten mit der Post im Ausland gab.

Freudig setzte sie sich also an den Tisch und ließ ihren
Gedanken freien Lauf:

Liebe Frau Talhoff,
es kommt mir schon wie eine halbe Ewigkeit vor, dass wir
voneinander gehört haben. Wie geht es Ihnen? Ich hoffe
doch, Sie sind wohlauf. Unlängst hatte ich Ihnen einen
Brief aus Italien geschickt, als ich dort Urlaub gemacht
hatte. Leider muss ich davon ausgehen, dass dieser Brief
Sie nicht erreicht hat und vermutlich auch nie ankommen
wird. Vielleicht ist er ja auf dem Weg nach Deutschland
verloren gegangen.

Der Inhalt jenes Briefes ist nun auch nicht mehr aktuell
und meine damaligen Sorgen waren offensichtlich völlig
unbegründet, denn stellen Sie sich vor: Jonathan und ich
haben uns nun endlich gefunden. Ich kann es selbst kaum

glauben! Er scheint wirklich sehr in mich verliebt zu sein! Er hat mir immer wieder zu verstehen gegeben, wie sehr er mich vermisst hat und dass er doch schon so lange auf mehr zwischen uns gehofft hatte.

Ich kann Ihnen gar nicht sagen, wie dankbar ich Ihnen bin. Sie haben mich in der vergangenen schwierigen Phase meines Lebens begleitet und mir immer mit guten Ratschlägen zur Seite gestanden, wenn ich auch letztlich gar nicht mehr so viele davon in die Tat umsetzen musste. Manchmal trägt das Leben selbst eben auch seinen Teil dazu bei.

Trotzdem wollte ich Sie wissen lassen, wie viel mir unser Briefkontakt bedeutet und ich möchte ihn auch für die Zukunft nicht verloren wissen.

Sie würden mir eine große Freude bereiten, wenn Sie mich einmal zum Kaffee besuchen würden. Beispielsweise nächsten Sonntag.

Es würde mich so freuen, Sie einmal persönlich kennenzulernen.

Bitte geben Sie mir Bescheid, ob Sie meiner Einladung folgen wollen.

Es grüßt Sie herzlich
Ihre dankbare unbekannte Freundin
Rosalie Parker

In dieser Nacht schlief Rosalie so gut wie schon seit Jahren nicht mehr. Ein Gefühl der Zuversicht und des Vertrauens in ihr Leben hatte sich wohlig in ihr ausgebreitet.

11

Ihre Freundinnen starrten sie mit großen Augen an. Ein kurzer Moment der Sprachlosigkeit herrschte zwischen den dreien.

»Du hast was getan?« Lynn schnappte nach Luft.

»Ihr habt schon richtig gehört«, bestätigte Rosalie mit einem Lächeln auf den Lippen.

»Tizi, hast du verstanden, was Ro uns da eben gebeichtet hat?«, fragte sie ungläubig und zog die Augenbrauen bis zum Anschlag nach oben.

»Na ja, eigentlich ist es ja nicht so schwer zu verstehen. Ro ist verliebt und hat sich den Typen, ich meine diesen Jonathan, geangelt, obwohl er eine Freundin hat. Und weil sie es nicht gewagt hat, uns da mit hineinzuziehen, hat sie sich von einer ihr unbekannten Briefeschreiberin beraten lassen.« Tizia fixierte Rosalie auf undurchschaubare Art und Weise und ergänzte: »So war es doch, stimmt's?«

Rosalie biss sich auf die Lippen und rollte die Augen schuldbewusst nach unten. Dann nickte sie zustimmend und meinte: »Bitte versteht mich doch! Das ging doch nicht gegen euch. Ich wollte es ja selbst ganz lange nicht wahrhaben, dass ich so starke Gefühle für ihn entwickeln würde. Ich wollte auch nicht, dass ihr ihn mir ausredet, weil er doch eine Freundin hat …«

»Verstehe«, Lynn spielte mit einer ihrer rotblonden Locken, »du denkst, wir hätten nicht stillgehalten oder noch schlimmer: kein Verständnis gehabt?«

»Nein, nein, wirklich nicht deshalb. Das Problem lag eher in mir selbst, wisst ihr?« Beschämt blickte sie von einer zur anderen.

Da begannen alle drei plötzlich zu lachen, als hätte nie ein Streit zwischen ihnen existiert. Sie konnten sich einfach nicht böse sein. Einige Gäste an den Nebentischen schauten schon zu ihnen hinüber.

»Pssst!« Rosalie hob den Zeigefinger an ihren Mund und versuchte ihren Freundinnen Zeichen zu geben. Doch es schien, als konnten sie sich gar nicht mehr beruhigen.

»Kinder, was ist nur los mit uns? Schließlich sind wir drei doch die verbündeten Musketiere nur in weiblicher Ausgabe. Eine für alle und alle für eine! Das sollte sich jeder ein für alle Mal hinter die Ohren schreiben!«

»Ich würde sagen, darauf trinken wir jetzt erst mal ein Gläschen Sekt und dann erzählst du uns alle Einzelheiten bis ins kleinste Detail!«, forderte Lynn Rosalie auf.

»Genau! Und lass bloß nichts aus! Wir kriegen es ja doch raus!«, lachte Tizia und zwickte sie scherzhaft in den Schenkel.

Erleichterung spiegelte sich auf Rosalies Miene wider. Liebevoll drückte sie ihre Freundinnen an sich. »Einverstanden.«

Seit sie ihren Mädels das Herz ausgeschüttet hatte, ging es ihr noch besser, was für Rosalie ein bislang unverstellbares Gefühl war, da sie ja bereits seit dem Vortag auf Wolke sieben schwebte. Erst jetzt wurde ihr bewusst, wie sehr sie ihre Freundinnen in den letzten Monaten vermisst hatte. Es lag zwar nicht daran, dass sie Lynn und Tizia nicht regelmäßig gesehen hätte, sondern vielmehr wurde ihr klar, dass sie sich, ausgenommen Frau Talhoff, niemandem anvertraut hatte. Das führte dazu, dass sie einen unsichtbaren Schutzwall zwischen sich und ihrer Umwelt errichtet und sich auf seltsame Art und Weise isoliert gefühlt hatte. Obwohl sie stets gespürt hatte, dass es nicht richtig war, konnte sie die Mauer, die sie gebaut hatte, nicht überwinden.

Doch nun war alles anders. Der unsichtbare Wall wurde mit einem Fingerschnipp und einem Lachen eingerissen – nie hätte sie es für möglich gehalten, dass es so einfach sein würde!

Aus Freude über ihre wiedergefundene Freundschaft lud sie die beiden für den nachfolgenden Abend zu sich nach Hause zum Essen ein. Sie würden in alten Zeiten schwelgen und sich prächtig amüsieren. Vielleicht könnte sie es irgendwie einfädeln, dass Jonathan auch noch dazustoßen würde. Dann könnte sie ihnen endlich ihren Traummann vorstellen.

Am folgenden Tag nach ihrer Arbeit fuhr sie direkt zum Supermarkt und kaufte für das gemeinsame Abendessen ein. Sie würde Zucchini-Schafskäse-Röllchen in Tomatensauce anbieten, dazu Reis und Salat. Sie legte alles in den Einkaufswagen und schob diesen durch das Labyrinth der Gänge bis zur Kasse. Sie stellte sich an die lange Schlange und wartete geduldig, bis sie an die Reihe kam, ihre Einkäufe aufs Band zu legen. Sie holte ihre Geldbörse aus der Handtasche, schob den Wagen ein Stückchen weiter nach vorne … und dann, ja dann drehte sie sich aus unerfindlichem Grund plötzlich um und da sah sie ihn! Er stand drei Personen hinter ihr in der Reihe der Wartenden. Er sah gut aus mit seinem Dreitagebart und dem eng anliegenden figurbetonten T-Shirt. Sie begann zu lächeln und wollte gerade den Mund zu einem »Hallo« öffnen, da bemerkte sie, dass etwas nicht stimmte, etwas, das nicht in ihr Bild passen wollte … Er war nicht alleine.

Wie tausend Nadelstiche kam es ihr vor. Ihr ganzer Körper schmerzte und ihr Kopf dröhnte. Sie war sich nicht sicher, ob sie überhaupt auf sich aufmerksam machen oder lieber leise, still und heimlich von der Bildfläche verschwinden sollte.

Doch es war zu spät. Er hatte sie schon gesehen. Die Zeit reichte nicht aus, in seinem Gesicht zu lesen und zu beurteilen, ob ihm die Begegnung ebenso unangenehm war wie ihr selbst. Falls es so war, schien Jonathan sich schnell zu fassen.

»Hi, Nachbarin, alles klar bei dir?«

Rosalie bemühte sich, mit bestem schauspielerischem Talent aufzuwarten. »Ja, alles in Ordnung. Ich bekomme gleich Besuch. Muss noch jede Menge vorbereiten. Ihr wisst ja, wie das ist.«

Natalie, deren Hand demonstrativ in Jonathans Hosentasche wanderte, um die Verhältnisse von Anbeginn klarzustellen, warf ihr ein süffisantes Lächeln zu.

»Nun dann, viel Spaß mit deinen Gästen. Jonathan und ich werden auch nicht gerade in Langeweile ertrinken. Wir sind uns allerdings selbst genug, wenn du verstehst, was ich meine.« Sie drückte Jonathan einen Kuss auf die Wange und verwuschelte sein Haar. Sie ließ auch wirklich nichts offen, das nicht zeigte, dass er nur ihr gehörte.

Rosalie packte hektisch und völlig abwesend ihre Einkäufe ein und beeilte sich den Wagen, so schnell es ging, zurückzuschieben, damit sie sich ja draußen nicht noch einmal begegnen würden. Sie hob nur rasch grüßend die Hand und stürmte aus dem Laden.

Als sie in ihr Auto stieg, sah sie im Rückspiegel Natalie mit Jonathan Hand in Hand. Doch sein Gesicht sah alles andere als fröhlich aus.

Der Abend kam ihr vor wie der übelste Hohn. Was hatte sie sich da eingebildet? Sie hätte ihre Liebe gefunden? Sie hätte einen Freund an ihrer Seite? Lächerlich! Wie diese Gefühle einem ständig Unwahrheiten vorgaukelten! Sie wusste nicht, wie sie diesen Abend überstehen sollte.

Während des Essens saß sie mit schweißnassen Händen und einem dicken Kloß im Hals am Tisch. Sie brachte kaum einen Bissen hinunter. Lynn und Tizia deuteten ihre Schweigsamkeit zunächst falsch und glaubten, ihre neue Liebe ließe sie abwesend wirken und den Appetit hätte es ihr mit ihren großen Gefühlen wohl auch verschlagen.

Nach dem Essen hielt Rosalie es dann aber nicht mehr aus und wollte ihren Freundinnen nicht schon wieder etwas vormachen. Geknickt teilte sie ihnen mit, was sich am frühen Abend im Supermarkt ereignet hatte.

»So ein Mistkerl!«, rief Tizia erzürnt. »Er gehört wohl

auch zu den Männern, die nur mit dem Schwanz denken.«

»Also wirklich, Tizi! Das kannst du doch gar nicht wissen! Vielleicht läuft ja gar nichts mehr zwischen den beiden. Es könnte auch nur eine missverständliche Situation gewesen sein.«

Doch nun schaltete sich Rosalie selbst ein. »Nun mal ehrlich. Natalies ganzes Verhalten und dann auch noch die Aussage, sie wären sich selbst genug, sind ja wohl ein eindeutiger Sachverhalt!«

Tizia stimmte zu. »Da muss ich Ro allerdings recht geben!«

»Schon, aber trotzdem ging doch alles nur von ihr aus, oder hast du gesehen, dass auch er sie geküsst oder gestreichelt oder etwas derart Eindeutiges gesagt hat?«

Einen Augenblick lang überlegte Rosalie. Dann sah man in ihrer Miene ein Fünkchen Hoffnung aufkeimen. »Nein, du hast recht. Und als ich gerade ausgeparkt hatte, sah ich, wie er ernst, ich bilde mir sogar ein, ein wenig unglücklich, meinem Wagen nachschaute.«

»Na siehst du! Im Moment weißt du doch noch gar nichts! Es ist nichts wirklich bewiesen! Alles sind nur Mutmaßungen und Spekulationen. Darauf kann man nicht bauen. Du brauchst einen Beweis!«

»Und wie bekomme ich den?« Rosalie sah Lynn fragend an.

»Indem du ihn zur Rede stellst. Ich denke, nur so wird es funktionieren.«

»Gut, das heißt, wir brauchen jetzt einen Plan«, sagte Tizia verschwörerisch.

Den restlichen Abend verbrachten die drei damit, zu überlegen, wie Rosalie vorzugehen hatte. Als die Freundinnen gegen Mitternacht das Haus verließen, sackte Rosalie erschöpft und mit einem winzigen Hoffnungsfunken ausgestattet auf das Sofa, wo sie sich bis zum anderen Morgen nicht mehr fortbewegte.

Die ersten Sonnenstrahlen kamen Rosalie ausnahmsweise wie eine Qual vor. Wenig erfreut und verspannt von der Nacht auf der Couch musste sie sich erst einmal gründlich dehnen und strecken. Der Anblick des eigenen Spiegelbildes war auch nicht gerade vielversprechend. Sie hatte sich am Abend nicht einmal mehr ins Badezimmer bemüht und zeigte Spuren von Kosmetik über ihr ganzes Gesicht verteilt.

Trotz allem schaffte sie es, innerhalb einer Stunde wieder wie ein normales menschliches Wesen auszusehen und eine weitere halbe Stunde später im Büro zu erscheinen. Sie war mit dem Fahrrad gefahren. Die frische Brise des Fahrtwindes tat ihr gut und sie genoss es sogar ein wenig, die Strecke zur Arbeit einmal sportlich aktiv zurückgelegt zu haben.

Der Berg auf ihrem Schreibtisch war noch immer nicht abgetragen, weshalb sie sicherlich noch ein oder zwei Überstunden würde anhängen müssen, um nicht gänzlich im Papierkram zu ertrinken. Diese Aussicht stimmte Rosalie nicht gerade fröhlich.

Tatsächlich verließ sie das Büro erst gegen sieben. Sie schloss die Haustüre auf und schleppte ihr Rad durch den Flur des Treppenhauses, die Treppen in den Keller hinunter. Unten brannte Licht. Sie öffnete den Fahrradschuppen und stellte ihr Rad ab. Als sie die Tür hinter sich schloss, spürte sie eine Hand auf ihrer Schulter. Im ersten Moment war sie starr vor Schreck und es entfuhr ihr ein ängstlicher Laut.

»Huch!« Sie drehte sich erschrocken um.

»Ich bin's nur, Rosalie.« Jonathan strich ihr sanft über den Rücken. »Ich wollte dir noch sagen …«, druckste er herum, »… es tut mir leid, die Sache im Supermarkt. Du hast das vielleicht in den falschen Hals bekommen.«

Rosalie hatte sich schnell wieder gefasst. »In welchen Hals sollte ich es denn bekommen?«, stichelte sie.

Da beugte er sich zu ihr hinab und küsste sie. »Du weißt schon«, hauchte er ihr ins Ohr. »Wann hast du wieder Zeit?«

Rosalie fühlte sich schwerelos wie in einem Kettenkarussell. Ihr Verstand hatte sich komplett ausgeschaltet und sie sehnte sich nur noch danach, in seinen Armen zu liegen. »Wann immer du Zeit hast«, flötete sie und schmiegte sich an ihn.

Er hob ihr Gesicht zu sich, küsste sie noch einmal und wandte sich dann abrupt zum Gehen, wobei er Rosalie dabei mit fragendem Blick zurückließ. Am ersten Treppenabsatz machte er kehrt und rief zu ihr hinunter: »Heute Abend um neun.«

Etwas perplex über den Verlauf dieser Begegnung, brachte sie zunächst keinen Ton heraus, dann breitete sich ein freudiges Lächeln auf ihrem Gesicht aus und sie rief aufgewühlt und voller Vorfreude, dass sie nichts lieber täte als das.

»Bis später dann.«

»Ja, bis gleich«, antwortete sie aufgeregt.

Die Nacht war versöhnlich und Rosalie fühlte sich wieder geliebt, wie beim ersten Mal, als sie miteinander geschlafen hatten. Er machte ihr Komplimente, versicherte ihr, sie wäre seine Traumfrau und sprach mit keinem Wort mehr über Natalie. Auch Rosalie brachte es nicht fertig, von dem Thema anzufangen. Es war einfach unbeschreiblich, von ihm berührt zu werden. Sie kam sich vor wie in einer anderen Welt, in die sie abtauchen konnte, wenn sie bei ihm war. Dieses Mal schliefen sie gemeinsam bis in den anderen Morgen. Als Rosalie erwachte, war Jonathan schon verschwunden. Auf dem Küchentisch lag ein Zettel mit einer Nachricht.

Na, gut geschlafen?
Mach dir gerne einen Kaffee, bevor du zur Arbeit gehst.
Wir sehen uns – Kuss
Jonathan

Überglücklich küsste sie die Notiz und drückte sie an ihr Herz. Das Wort »Kuss« bekam eine überdimensionale Bedeutung und es ging ihr den ganzen Tag nicht mehr aus dem Kopf. Die Arbeit ging ihr wie von selbst von der Hand. In Gedanken war sie schon beim kommenden Abend, an dem sie ihren Liebsten hoffentlich sehen würde.

Endlich! Da war er! Der lang ersehnte Brief. Rosalie stürzte die Treppen nach oben, stieg hastig aus ihren

Schuhen heraus und riss mit klopfendem Herzen den Umschlag auf.

Liebe Rosalie,
es tut mir leid, dass ich so lange nichts von mir habe hören lassen. Aber ich war für einige Zeit außer Landes. Das kommt ab und an mal bei mir vor. Sie baten um eine rasche Antwort. Leider konnte ich aus oben genanntem Grund dieser Bitte nicht nachkommen. Ich hoffe also, es ist noch nicht zu spät, einige Worte anzubringen.

Ich kann Ihnen bestätigen, dass die italienische Post entgegen Ihrer Erwartung zuverlässig funktioniert und auch dieser Brief bei mir angekommen ist.

Erstens: Es freut mich zu hören, dass Sie glücklich sind. Allerdings hoffe ich, dass er Ihrer Liebe auch wert ist. Einige Ihrer Berichte lassen da doch ein paar Zweifel offen.

Rosalie hielt inne. Was sollte das denn jetzt heißen? Wollte diese Talhoff ihr jetzt ihren Freund schlechtreden?

Zweitens: Passen Sie auf, wenn er Ihnen zu viele Komplimente macht und sich nicht klar zu Ihnen bekennt. Falls tatsächlich noch eine andere im Spiel ist, wird er Ausreden finden, warum er keine Zeit für Sie hat.

Seien Sie mir wegen meiner direkten Worte nicht böse, aber ich kenne solche Männer. Beziehungen dieser Art sind unter Umständen nicht von Dauer. Aber verstehen Sie mich nicht falsch – ich möchte Ihnen keine Angst machen, es ist nur so, dass ich Ihnen gerne Schlimmes ersparen und Sie vor einem eventuell großen Fehler bewahren möchte. Doch vielleicht trifft dies auf Ihre »große Liebe« ja alles gar nicht zu. In dem Fall wünsche ich Ihnen das Beste und freue mich, wenn ich mich täuschen sollte.

Was mich interessieren würde, ist, was Sie sich unter einer guten Beziehung eigentlich vorstellen. Ich meine über unsere Briefwechsel herausgehört zu haben, dass Sie in Ihrem Leben mit Enttäuschung und Vertrauensbruch einige unschöne Erfahrungen gemacht haben. Was ist Ihnen also wichtig? Ich vermute Ehrlichkeit und aufrichtige Zuneigung, ein Mann der nur Augen für Sie hätte und Ihnen täglich mit einer Unmenge an Zärtlichkeiten das Leben versüßen würde. Aber Sie würden mir wohl auch zustimmen, wenn ich annehme, dass Sie auch männliche Stärke bevorzugen. Natürlich dürfte er kein Macho sein – das wäre das Letzte, was sich eine Frau von heute wünscht, aber ein Softi hätte – davon gehe ich mal aus – genauso wenig Chancen bei Ihnen, habe ich recht?

Ein nicht ganz einfaches Männerbild, das sich da über die Jahre bei den selbstbewussten Frauen von Welt entwickelt hat. Zugegeben, die männliche Rasse hat es da auch nicht ganz leicht. Verzeihen Sie meine Direktheit. Es sollte nicht wie ein Vorwurf klingen. Wir alle haben an uns zu arbeiten, Männer wie Frauen und es ist mitunter ein schwieriger Prozess, es dem anderen Geschlecht recht zu machen. Ich selbst habe da auch so meine Erfahrungen gesammelt. Doch bereut habe ich nichts. Das Leben ist eine Übung, ein Versuch auf hohem Niveau das Beste für sich selbst und andere zu erschaffen. Ich hoffe, Ihre schöpferische Kraft führt Sie an ein glückliches Ziel – einen sicheren Hafen.

Drittens: Zum Kaffee komme ich gerne. Sonntag passt bei mir auch. Ihre Adresse habe ich ja. Ich komme dann so gegen drei.
Viele Grüße
Lea Maria Talhoff

Rosalie sah noch einmal auf die etwas unkenntliche Unterschrift. Endlich hatte Frau Talhoff einmal ihren ganzen Namen preisgegeben und, was sie sehr freute, sie hatte sogar ein klein wenig aus eigener Erfahrung geschrieben. Dennoch ließ der Inhalt des Briefes sie ein wenig nachdenklich werden. Etwas daran störte sie, doch sie wusste nicht, was es war. Sie überflog den Brief noch einmal, dann schien es ihr plötzlich wie Schuppen von den Augen zu fallen. Was ein klitzekleines bisschen an ihr nagte, war die Art und Weise, wie Frau Talhoff über Jonathan sprach, obwohl sie ihn gar nicht kannte. Auf der anderen Seite nahm sie die Männer, die heutzutage von den Frauen offensichtlich überfordert wurden (darauf ritt sie ganz schön lange herum!), ziemlich in Schutz. Das alles wollte nicht so richtig zusammenpassen.

Das Bedürfnis, unverzüglich zu antworten, war größer denn je. Da sie sowieso gerade nichts anderes zu tun hatte, setzte sie sich ausgerüstet mit Papier und Füllfeder auf ihren kleinen Balkon, auf den die warme Abendsonne eine freundliche Atmosphäre zauberte.

Liebe Frau Talhoff,

es freut mich sehr, dass Sie meiner Einladung zu Kaffee und Kuchen am Sonntag nachkommen wollen. Natürlich haben wir dann auch endlich einmal Zeit, uns ausgiebig über Liebe und Leben und eigene Erfahrungen zu unterhalten. Dennoch war es mir wichtig, Ihnen aber schon vorab eine Antwort auf Ihre Frage, wie ich mir einen Mann oder besser gesagt eine Beziehung im tiefsten Inneren vorstelle, zu liefern.

Es ist eigentlich gar nicht so kompliziert, obwohl ich das Gefühl nicht loswerde, dass Sie das etwas anders beurteilen. Ja, ein Mann sollte zärtlich und klug, liebevoll und ehrlich sein. Tatsächlich haben Sie auch recht mit der Annahme, dass ein Macho für mich nicht infrage käme. Aber zwischen Macho und Softi liegen doch noch Welten, wenn Sie verstehen, was ich meine. Ein Extrem finde ich generell nicht erstrebenswert, aber eine gute Mischung käme meiner Idealvorstellung schon ziemlich nahe. Ich bin überzeugt, dass es genau diese Art von Mann auch heute noch gibt, ja vielleicht sogar gerade erst heute. Die Welt ist in ständigem Wandel – so auch die Geschlechter. Der neue Zeitgeist fordert seinen Tribut. Übrigens wünschen sich ja auch die Männer zumeist Frauen, die nicht mehr nur hinter dem Herd stehen, oder denke ich hier zu modern?

Jedenfalls hoffe ich, in Jonathan genau diese Mischung an Nostalgie und Moderne gefunden zu haben. Ich habe ein gutes Gefühl und kann mich meistens auf meinen weiblichen Riecher verlassen.

Auf einen näheren Austausch mit Ihnen freue ich mich.

Wir machen uns dann am Sonntag einen schönen Nachmittag.

Es grüßt Sie herzlich
Ihre Rosalie Parker

Rosalie war noch immer aufgewühlt und konnte die Korrespondenz gedanklich noch nicht ganz beiseiteschieben. Sie war sich nicht sicher, ob der Inhalt ihres Briefes auch wirklich so bei ihrer Brieffreundin ankam, wie sie ihn gemeint hatte.

Trotz der leichten Gefühlsschwankungen freute Rosalie sich, dass Frau Talhoff ihre Einladung zum Kaffee am Sonntag angenommen hatte. Zum ersten Mal würden sie sich von Angesicht zu Angesicht gegenübersitzen und über Gott und die Welt plaudern. Bestimmt würde Frau Talhoff ihr noch mehr aus ihrem eigenen Leben erzählen – etwas von Leidenschaft und Glück, Hoffnung und Schmerz und vor allen Dingen etwas über die einzig wahre Liebe.

12

Als sie nach Hause kam, sah sie von unten Licht bei Jonathan brennen. Rosalie brachte ihr Fahrrad in den Keller und stieg das Treppenhaus hinauf. Vor Jonathans Tür blieb sie stehen. Sie fragte sich, ob es richtig wäre, einfach unangemeldet bei ihm zu klingeln. Mutig schob sie ihr kurzes Zögern beiseite und drückte auf den Klingelknopf.

Sie glaubte Schritte hinter der Türe zu hören. Vorsichtig trat sie ein Stückchen zurück und strich sich ihren Rock glatt. Sie war sich nicht sicher, was sie ihm sagen würde, wenn er öffnete. Vielleicht würde sie ihn einfach nur küssen. Die Schritte entfernten sich wieder. Er hatte das Läuten offensichtlich nicht gehört. Sie drückte noch einmal auf die Klingel. Wieder nichts. Eine kleine Weile wartete sie noch, dann drehte sie sich enttäuscht um und steuerte auf ihre eigene Wohnungstüre zu.

War es möglich, dass er sie überhaupt nicht sehen wollte? Mit einem Gefühl aus verletztem Stolz und Angst, ihr Traum könne zerplatzen wie eine Seifenblase, schlich sie noch einmal zurück zu Jonathans Wohnung. Vorsichtig legte sie ein Ohr an die Tür und lauschte, wobei sie sich gleichzeitig dafür schämte, weil sich so etwas ja nicht schickte. Sie vernahm Musik und meinte Stimmen im Hintergrund zu hören. Und dann war da ein Lachen. Natalies Lachen.

Mit zitternden Knien stürzte sie in ihre Wohnung. Sie riss das Telefon aus seiner Ladestation und wählte

Lynns Nummer. Niemand nahm ab. Sie versuchte es bei Tizia.

»Hallo?«

»Hallo, Tizi, ich bin's, Rosalie«, und da begann sie auch schon zu weinen.

Kaum eine halbe Stunde später saß Tizia Rosalie gegenüber auf dem cremefarbenen Wildledersofa und hörte sich deren Bericht an. Immer wieder schluchzte ihre Freundin und musste sich ihre Nase tupfen.

»So ein verdammter …« Ihrer Freundin zuliebe verkniff sie sich das Wort und raufte sich stattdessen die Haare. »Das kann doch alles nicht wahr sein, Ro!«

»Oh doch, es ist aber wahr und du kannst mir glauben, ich komme mir wirklich vor wie im falschen Film.« Sie schnäuzte sich heftig. »Und weißt du, was das Schlimmste ist?«

Tizia schüttelte mitfühlend den Kopf.

»Dass ich zweimal auf ihn hereingefallen bin.« Nach einer kleinen Pause fügte sie mit brüchiger Stimme hinzu: »Sie hatte also doch recht gehabt.«

Verwundert zog Tizia eine Augenbraue nach oben. »Wer ist *sie*? Von wem sprichst du, meine Liebe?«

Rosalie deutete auf ihren Schreibtisch, auf dem noch immer der Brief von Lea Talhoff lag. »Na mein Briefkontakt, von dem ich euch erzählt habe. Sie hat alles genau vorhergesehen, hat mich sogar noch gewarnt, aber da war es schon zu spät. Der Brief kam erst vorgestern an.«

Neugierig stand Tizia auf und lief zum Schreibtisch hinüber. »Darf ich ihn lesen?«, fragte sie. Zwei Minuten lang hörte man keinen Laut im Zimmer, dann hob Tizia ihren Blick und ihre Augen wurden schmal. »Und sie heißt Lea Talhoff, sagst du?«

Etwas verwundert sah Rosalie ihre Freundin an. »Ja, natürlich. Lea Maria Talhoff. So steht es auf dem Papier – du hast es doch gerade selbst gelesen.«

»Mmmh«, meinte Tizia nur und nickte zögerlich. »Allerdings …«, sie unterbrach für einen Bruchteil einer Sekunde, »… allerdings ist die Unterschrift ziemlich schwer zu entziffern.«

»Auf was willst du hinaus?«

»Ach nichts. Vergiss es!«

Rosalies beleidigter Gesichtsausdruck sprach Bände und sie setzte auch sofort zu einer vorwurfsvollen kleinen Rede an.

»Das ist verdammt noch mal unfair, mir hier eine halbgare Idee zu präsentieren, um dann kurz vor der Auflösung einen Rückzieher zu machen!«

»Okay, okay, Ro, ich werde dir sagen, was ich denke.« Tizia marschierte nervös zwischen Schreibtisch, Küche und Balkontüre hin und her. Rosalie merkte ihrer Freundin an, dass sie nicht so richtig mit der Wahrheit herauswollte. Endlich holte sie tief Luft: »Also … ich frage mich … was hat dich eigentlich zu der Annahme bewogen, dass L.M. Talhoff eine Frau ist?«

Es war totenstill im Raum. Man hätte eine Nadel fallen hören können. Rosalie saß mit heruntergeklapptem Kiefer noch immer auf dem Sofa und starrte ihre Freundin mit großen fragenden Augen an.

»Was … was … was hast du da eben gesagt, Tizi?«

Tizia kam mit dem Brief zu ihr herübergelaufen. »Da,

schau doch mal genau hin! Der letzte Buchstabe des ersten Namens könnte doch auch ein ›o‹ sein.«

Rosalie kniff die Augen zusammen und las den Namen noch einmal mit einem »o« statt einem »a« am Ende: »Leo Maria Talhoff!« Vor Schreck blieb ihr beinahe das Herz stehen! Nein, das konnte nicht sein! Tizia musste sich täuschen. Natürlich gab es Männer, die mit Zweitnamen Maria hießen, um den Segen der Mutter Maria allzeit mit sich zu tragen, aber dieser Fall lag doch ganz anders. Ihre Korrespondentin hatte sie doch nie korrigiert, nachdem Rosalie sie mit Frau Talhoff ansprach. Wäre sie tatsächlich ein Mann, so hätte sie das gewiss zu verstehen gegeben. Es gab doch gar keinen Grund für solch ein Versteckspiel!

Ein noch viel schlimmerer Gedanke zwängte sich ihr auf. Wenn es wirklich so wäre, dann wäre sie ja einer Doppellüge aufgesessen: eine Brieffreundin, die keine war, und Ratschläge, die wohl nie ernst gemeint gewesen waren.

Eine nicht enden wollende Minute des Schweigens lag im Raum. Rosalie schien in eine andere Welt abzudriften. Andererseits, wenn sie so darüber nachdachte, dann waren die Tipps vielleicht doch ehrlicher und bedeutender, als sie je von einer Frau hätten sein können. Schließlich wäre »sie« dann ja ein Mann; einer, der wusste, wie Männer tickten, weil er selber einer war. Also ein Ratgeber, der sich vollkommen im Klaren darüber war, wovon er sprach …

Ihre Freundin riss sie aus ihren Gedanken. »Wir müssen deinem Briefkontakt eine Falle stellen, damit wir herausfinden, ob es sich wirklich um einen Mann oder doch, wie du immer dachtest, um eine Frau handelt. Es könnte ja auch sein, dass ich mich geirrt habe«, sagte Tizia gedehnt.

Rosalie ließ ihren gesamten Briefwechsel noch einmal in Sekundenschnelle vor ihrem geistigen Auge ablaufen.

Nein, ihre Freundin hatte sich ganz gewiss nicht getäuscht! Jetzt, wo sie alles so klar vor sich sah, wunderte sie sich selbst darüber, dass sie nie zuvor auf die Idee gekommen war, dass es sich bei ihrem unbekannten Briefeschreiber um einen Mann handeln könne. Die Art und Weise, wie er schrieb, war letztlich so eindeutig.

Ärgerlich verzog sie den Mund. Wie ungeschickt, dass sie den letzten Antwortbrief erst gestern an die vermeintliche Frau Talhoff abgeschickt hatte.

Nun gut, sie könnte die Einladung noch absagen, aufschieben in weite Ferne, da sie leider eine vielbeschäftigte Frau war, und mit etwas Glück verlief der ganze Briefkontakt dann mit der Zeit im Sande. Sie würde nicht mehr schreiben und auch nicht mehr antworten, sodass dieser Leo sich, wenn er in der Lage war, eins und eins zusammenzuzählen, denken konnte, dass seine Tarnung aufgeflogen war. Sie stutzte, als sie über das Wort »Tarnung« stolperte. Eigentlich hatte er seine Tarnung doch selbst aufgelöst! Er hatte mit seinem vollständigen Namen unterschrieben. Hatte er folglich beabsichtigt, dass sie ihm auf die Schliche kam?

Ihr Atem wurde ruhiger und sie fuhr sich etwas ratlos durchs Haar. Soll noch einer diese Männer verstehen!

Den restlichen Abend brachten Rosalie und Tizia damit zu, einen Plan auszuarbeiten, der sowohl Jonathan als auch diesen scheinheiligen Talhoff mit einbezog. Sie würden beiden eine Falle stellen, und zwar eine gemeinsame, die sie nicht so schnell vergessen würden.

Am Sonntagvormittag packte Rosalie eine Garnitur Wechselkleidung in ihre kleine Reisetasche sowie ihre notwendigen Kosmetika und die ein oder andere Kleinigkeit, die sie für eine Übernachtung benötigte. Anschließend nahm sie einen Notizzettel zur Hand und schrieb Folgendes:

Liebster Jonathan,

Dich so lange nicht sehen zu können, kommt mir fast unerträglich vor. Ständig denke ich an Dich. Ich verzehre mich nach Dir! Es wäre schön, wenn Du mich mal wieder besuchen würdest. Lass uns doch am Sonntagnachmittag eine Latte macchiato zusammen trinken und anschließend … ja wer weiß, was wir dann noch so machen. Uns fällt bestimmt etwas ein.

Ich brenne darauf, Dich zu sehen!
Rosalie

PS: Ach ja, komm am besten so gegen 15.00 Uhr. Ich freue mich!

Sie drückte noch den üblichen roten Kussmund auf und lächelte zufrieden. Dann schnappte sie ihre Sachen und schloss leise die Tür. Sie wollte kein Aufsehen erregen und vor allem Jonathan nicht in die Arme laufen. Sie schlich zu seiner Wohnungstür und schob den Zettel mit der Einladung unter seiner Tür hindurch.

Ihr Herz pochte aufgeregt, als sie die Treppen hinunterlief und die schwere Haustüre hinter ihr ins Schloss fiel. Es kam ihr beinahe so vor, als durchlebte sie die Zeit ihrer pubertären Jugendphase noch einmal, in der man ab und an Sorge hatte, bei einem verbotenen Vorhaben entdeckt zu werden. Sie atmete ein paar Mal tief ein und aus und beruhigte sich erst wieder, als sie im Bus Richtung Westen saß, wo Tizia schon auf sie wartete und wo ihr kleines abgekartetes Spiel seinen Anfang nahm.

13

Es versprach ein herrlicher Sonntag zu werden. Die Sonne stand strahlend am blauen Himmel und ein mildes Lüftchen sorgte für ein angenehmes Klima. Überall saßen Leute in Straßencafés und Biergärten und genossen die letzten warmen Tage. Auch Rosalie und Tizia saßen draußen in einem Eiscafé, allerdings weniger um sich zu sonnen, als vielmehr um ihren kleinen teuflischen Plan in die Tat umzusetzen. Nachdem sie ihren Kaffee ausgetrunken hatten, machten sie sich auf den Weg, Rosalie auf einen anderen als Tizia.

Um Punkt 15.00 Uhr klingelte es bei Rosalie Parker. Ein Herr mittleren Alters stand mit einem Strauß voller Blumen an der Haustüre und wartete darauf, eingelassen zu werden. Er hatte schon zwei- oder dreimal die Klingel gedrückt, aber niemand öffnete. Verwundert sah er sich um. Er überlegte, ob die Klingel kaputt war und betätigte ein Stockwerk unter Rosalie Parker den Klingelknopf. Die Stimme einer alten Frau ertönte. Der smarte Herr im dunklen Jackett erklärte sein Anliegen und bat eingelassen zu werden.

»Entschuldigen Sie bitte. Ich habe eine Verabredung mit Frau Parker, aber sie öffnet nicht. Vielleicht funktioniert ihre Klingel nicht. Würden Sie mich netterweise hereinlassen?«

»Ach, zu Frau Parker wollen Sie?« Ihre Stimme begann sich beinahe freudig zu überschlagen. »Sie ist ein wahrer Schatz, kann ich Ihnen nur sagen! Haben Sie bitte einen

Moment Geduld!« Das Fenster im zweiten Stock öffnete sich und Frau Meybachs Kopf erschien. Sie nickte ihm freundlich zu, offensichtlich erleichtert, dass ein anständig aussehender, gut gekleideter Herr vor der Tür stand.

»Die sind ja wunderschön!« Frau Meybach deutete mit einem Lächeln auf den bunten üppigen Blumenstrauß. »Warten Sie, ich mach Ihnen auf!«, rief sie und verschwand. Der Türsummer ertönte und der Fremde betrat das helle großzügig geschnittene Treppenhaus. Vor Rosalie Parkers Tür blieb er stehen und klingelte erneut.

Nichts. Er versuchte es noch einmal. Wieder nichts. Sicherlich war die Klingel hier oben auch nicht intakt. Er klopfte, zweimal, dreimal, aber es rührte sich nichts. Noch einmal klopfte er etwas lauter, und da öffnete sich gegenüber die Tür. Ein junger gutaussehender Mann trat mit einer Flasche Sekt heraus und sah den fremden Herrn etwas verwundert an.

Neugierig trat er auf ihn zu.

»Entschuldigen Sie bitte, wollen Sie zu Rosalie?«

»Oh … ja, sieht wohl so aus.« Der Unbekannte druckste ein wenig verlegen herum, dann streckte er ihm die Hand entgegen und stellte sich vor.

»Leo Talhoff, angenehm. Sie müssen dann wohl Jonathan sein.«

»Ach, hat sich mein Name schon herumgesprochen?«, fragte er erstaunt und zog die Stirn kraus. »Und Sie …«, er betrachtete die Blumen in Herrn Talhoffs Arm, »… Sie haben wohl auch eine Einladung bei unserer charmanten Rosalie?«

Herr Talhoff sah etwas irritiert von Jonathan zu der

Flasche Sekt in seiner Hand und wieder zurück. »Tja, es sieht fast so aus, als hätten wir beide ein Date mit ihr«, Herr Talhoff hüstelte, »wobei ich mir nicht sicher bin, ob sie mich in dieser Gestalt erwartet hätte.« Es schien ihm peinlich zu sein, weitere Erklärungen abzugeben und Jonathan wirkte nun komplett verwirrt.

»Auch wenn ich die Zusammenhänge nicht ganz verstehe, so ist es doch seltsam, dass Rosalie nicht zu Hause ist, obwohl sie uns beide eingeladen hat.«

Er hatte gerade seinen letzten Satz zu Ende gesprochen, da hörten sie Schritte im Treppenhaus. Die Männer sahen sich verstohlen an und nickten sich dann im nächsten Moment bestätigend zu. »Das wird sie wohl sein«, meinte Jonathan und entspannte sich sichtlich.

Aber auf dem Treppenabsatz erschien nicht Rosalie, sondern eine zierliche Blondine mit lockigem halblangem Haar. Sie machte halt und kramte in ihrer Handtasche herum. Mit einem Seufzer der Erleichterung zog sie einen Schlüsselbund aus ihrer Tasche.

»Puh, da ist er ja! Ich dachte schon, ich hätte ihn in der Eile vergessen.« Auf einmal fiel ihr wohl auf, dass sie sich noch nicht vorgestellt hatte. Sie blickte den beiden Männern mit einem freundlichen, aber selbstbewussten Lächeln entgegen. »Guten Tag, ich bin Tizia Ludwig. Wollt ihr zu Rosalie?«

Jonathan fasste sich als Erster wieder. »Allerdings! Wir waren mit ihr verabredet …«, er sah zu Leo Talhoff hinüber, »… ich zumindest«, vollendete er den Satz.

Tizia wirkte sichtlich betroffen. »Ach, das tut mir leid! Rosalie ist leider nicht da. Deshalb bin ich nämlich hier,

um ihre Blumen zu gießen und nach dem Rechten zu
sehen.« Sie zögerte kurz, fast so, als überlegte sie sich, ob
sie den beiden Herren die näheren Details anvertrauen
konnte. »Wissen Sie, Rosalie ist schrecklich verliebt.« Sie
rollte mit den Augen. »Sie können sich nicht vorstellen, wie anstrengend es ist, eine Freundin zu haben, die
einem ständig vorschwärmt, wie großartig es sei, endlich die wahre Liebe gefunden zu haben. Na, jedenfalls,
hat sie ihn vor kurzem auf einer Geburtstagsfeier einer
Freundin kennengelernt. Er sieht aber auch wirklich
umwerfend aus! Ich glaube, sie hat sich augenblicklich
unsterblich in ihn verliebt. Ja, und er sich natürlich auch
in sie.«

Nun begann sie zu flüstern: »Und stellt euch vor,
er hat sie doch tatsächlich über das Wochenende auf
seine Yacht eingeladen.« Sie stieß einen tiefen Seufzer
aus. »Ach, die beiden werden wahrscheinlich gerade bei
schönstem Wetter und blauer See einem Segeltörn mit
allen Schikanen frönen.«

Die Gesichter der beiden Männer wurden immer länger. Sie konnten spürbar nicht fassen, was sie da eben
hörten.

Schnell ergriff Tizia noch einmal das Wort. »Na ja,
und vermutlich hat sie bei dieser spontanen und gefühls-
geladenen Aktion vergessen, euch Bescheid zu geben. Sie
ist aber auch zu zerstreut, seit sie mit Rico zusammen
ist. Er hat ihr wohl gehörig den Kopf verdreht.« Tizia
gluckste vor sich hin. Mit einem Blick auf die Blumen
schlug sie vor: »Wenn Sie möchten, stelle ich die gerne
in eine Vase auf ihren Tisch, dann freut sie sich darüber,

wenn sie im Laufe der Woche wieder zurückkommt. Ein paar Tage werden sie schon halten, was meinen Sie?«

Herr Talhoff wirkte, ebenso wie Jonathan, etwas konsterniert. Er begutachtete den Strauß mit den bunten Sommerblumen in seinem Arm und drückte ihn dann milde lächelnd Tizia in die Hand.

»Aber sicher. Sie sollten sie unbedingt ins Wasser stellen, sonst überleben sie vermutlich nicht einmal den nächsten Tag und das wäre ja wirklich zu schade.« Ein leichter Spott in seiner Stimme ließ sich nicht überhören.

Jonathan schien aus seiner Starre erwacht und ergriff ebenso das Wort: »Und den hier können Sie auch gleich mitnehmen.« Er drückte ihr die Sektflasche in die andere Hand.

»Ich geh dann mal. Einen schönen Tag wünsche ich noch.«

Tizia erwiderte seinen Gruß zuckersüß und säuselte etwas von echten Gentlemen und dass Rosalie ja wohl ein Glückspilz sei und warum ihr selbst das eigentlich nie passierte.

Auch Herr Talhoff schickte sich an zu gehen. Er brachte ein gezwungenes Lächeln zustande und fixierte Tizia noch einmal durchdringend. »Na dann, geben Sie gut auf Ihre Freundin Acht! Sie scheint ja einen Beschützer an ihrer Seite zu brauchen, so wie ihr die Männer die Bude einrennen.«

»Ja, es ist schlimm mit ihr.« Tizia kicherte. »Sie könnte wirklich an jedem Finger einen Typen haben, aber glücklicherweise ist sie nicht eine von dieser Sorte, wenn Sie verstehen, was ich meine.« Sie gestikulierte dramatisch und stellte richtig: »Rosalie ist eine ehrliche Haut. Nun ja, ein bisschen vergesslich vielleicht. Wenn sie davon erfährt, dass Sie beide heute hier waren, dann wird ihr das sicherlich schrecklich peinlich sein.«

Herr Talhoff nickte. »Sicher.« Es war nicht ganz eindeutig, wie dieses Wort gemeint war, aber so viel war klar. Ein zweites Mal würde er wohl nicht mehr mit einem Strauß Blumen vor der Tür stehen.

»Oh, Tizi, du musst mir unbedingt erzählen, wie es gelaufen ist!«, wollte Rosalie aufgebracht wissen. »Waren sie tatsächlich alle beide da?« Sie nestelte unruhig an dem Kissen auf ihrem Schoß herum. »Los, setz dich zu mir und erzähle mir jede auch noch so unbedeutende Einzelheit! Ich will alles haargenau wissen!«

»Na schön, wie du willst. Also, dein Jonathan ist ja wohl der absolute Schwerenöter! Dass du auf den überhaupt hereingefallen bist! Natürlich ist er attraktiv, aber glaube mir, mein Herz, er weiß das auch und du bist mit Sicherheit nur eine unter vielen.«

Rosalie reckte ihr Kinn nach vorne und setzte eine leicht beleidigte Miene auf. »Herzlichen Dank, so genau wollte ich es dann auch nicht wissen oder besser gesagt, ich habe dich ja nicht nach deiner Einschätzung gefragt.«

»Eine Flasche Sekt hat er dir dagelassen. Die können wir uns ja mal genehmigen, wenn Gras über die Sache gewachsen ist.«

»Hast du vielleicht vorab schon mal ein Schlückchen?«, bettelte Rosalie.

»Na gut, ich will mal nicht so sein«, grummelte Tizia.

»Zur Feier des Tages dürfen wir uns durchaus einen genehmigen.« Sie holte einen Prosecco herbei, ließ den Korken knallen und goss jedem ein Glas ein. »Und du kannst mir glauben, es ist wirklich gut gelaufen. Perfekt, um genau zu sein!« Sie grinste breit. »Zumindest was Jonathan anbelangt, der hat hundertprozentig angebissen. Klar, er war verärgert, aber genau das wollten wir ja erreichen.«

»Und was ist mit Talhoff?«

Tizia dachte ein Weilchen nach. Offenbar brauchte sie einen Moment, um die richtigen Worte zu finden.

»Weißt du, dieser Talhoff, der hatte was. Ein faszinierender Mann. Groß, sportlich, dunkelhaarig, elegant – leicht graue Schläfen. Wäre eigentlich genau mein Typ. Deiner vermutlich auch!« Sie verzog den Mund zu einem verschmitzten Grinsen. »Ja, doch, er hatte etwas von einem echten Gentleman, wenn du mich fragst.« Sie nahm einen Schluck Prosecco. »Schade eigentlich, dass du ihn jetzt vergrault hast.«

»Ich? Wieso denn ich? Du hast doch das Theater gespielt!«, empörte sich Rosalie.

»Ja, schon, aber es war ja unser gemeinsames Projekt. Das habe ich ja für dich getan.« Tizia stupste Rosalie in die Seite. »Und außerdem, jetzt mal nicht einknicken, Ro! Du wolltest es den beiden heimzahlen und jetzt haben wir sie drangekriegt. Was wollen wir mehr?«

Aus unerfindlichem Grund wurde Rosalie plötzlich unruhig. Ein unangenehmes Gefühl machte sich in ihr breit, ein Gefühl, das ihr zu verstehen gab, dass möglicherweise doch nicht alles so glattgelaufen war. Dann fragte sie mit leiser Stimme:

»Und wie war er so?«

»Wie schon gesagt, er war sehr nett. Er kam mit einem riesigen Blumenstrauß an. So einen hat mir noch nie irgendjemand geschenkt.« Mit wehmütigem Blick lehnte sie sich zurück und seufzte: »Steht jetzt in einer Vase auf deinem Küchentisch.«

»Danke«, kam es leicht gequält aus Rosalies Mund.

»Gern geschehen.« Tizia strich ihr über die Schulter.

»Mach dir keine Sorgen, Ro, es ist alles so gelaufen, wie geplant. Wir haben nichts falsch gemacht!« Sie zögerte. »Wobei … ganz ehrlich … ich bin mir nicht sicher, ob dieser Talhoff mir diese Geschichte abgekauft hat!« Rosalie erhaschte einen leicht skeptischen Blick ihrer Freundin, doch dann begannen ihre Augen wieder fröhlich zu leuchten. »Dabei bin ich doch ein unschlagbares Schauspieltalent!«

Rosalie stimmte in Tizias Gelächter mit ein, doch es war ein sehr verhaltenes, nachdenkliches Lachen. Eigentlich war ihr gerade eher zum Heulen zumute. Und was sie auch versuchte, dieses dämliche schlechte Gewissen ließ sich den ganzen restlichen Abend nicht mehr vertreiben.

14

Am folgenden Abend zog Rosalie wieder in ihre Wohnung ein. Die verschlossene Türe ihr gegenüber schmerzte noch ein bisschen, aber sie hatte sich damit abgefunden, dass Jonathan doch nicht dem Idealbild eines Mannes entsprach. Die Erinnerung an ihre letzten verkorksten Begegnungen, insbesondere die mit seiner allgegenwärtigen Flamme Natalie im Supermarkt, traf sie immer wieder hart und erinnerte sie daran, dass Liebe nicht um jeden Preis erstrebenswert war. Nach ihrem gelungenen Coup hatte sie allen Grund, sich in ihrer Schadenfreude zu suhlen, doch sie konnte nicht gerade behaupten, dass sie sich seitdem tief in ihrem Inneren befreit fühlte. Ein Schatten trübte ihr Gemüt, aber er war nicht greifbar, war verschwommen, zeigte nicht seine volle Gestalt.

Rosalie versuchte sich abzulenken, häufte sich im Geschäft zusätzlich Arbeit auf, machte sogar freiwillig Überstunden und verplante jede Minute ihrer Freizeit.

Am Ende der Woche fühlte sie sich müde und gestresst. Sie hatte keine Lust auszugehen, wollte niemanden sehen. Jonathan war ihr seither immer noch nicht begegnet. Er schien sie ebenso zu meiden wie sie ihn.

Am Samstagvormittag leerte sie ihren Briefkasten. Außer Werbung war nichts enthalten. Sie zerknüllte die Prospekte und stopfte sie unnötig emotionsgeladen in den Papierkorb. Sie stellte die Stereoanlage auf überdimensional laut und kochte nebenher Spaghetti al pomodoro. Der anschließende Capuccino auf ihrem Balkon wollte ihr auch nicht so richtig schmecken.

Sie warf einen wehmütigen Blick auf ihren Schreibtisch. Dort lag noch immer der letzte Brief von Leo Talhoff. Sie hatte ihm seitdem nicht mehr geschrieben, doch auch von ihm kam kein Lebenszeichen mehr. Aber was hatte sie erwartet, nach all dem, was sie getan hatte? Sie hatte ihn eiskalt abserviert, hatte ihm nicht die Möglichkeit gegeben, sich zu erklären und hatte letztlich einen klaren und überlegenen Sieg davongetragen. Dennoch konnte sie ihren Triumph nicht genießen. War es ein Fehler gewesen?

Trotz der Unmenge an Arbeit schleppten sich die Wochen zäh dahin. Jeden Abend lag Rosalie im Bett und seltsamerweise dachte sie dabei nicht mehr an Jonathan. Inzwischen würdigte sie seine Wohnungstüre nicht einmal mehr eines Blickes.

Umso mehr ging sie in Gedanken aber wieder und wieder die Korrespondenz mit Leo Talhoff durch. Sie versuchte sich vorzustellen, wie die Inhalte, die er ihr schrieb, durch eine männliche Perspektive zu deuten gewesen wären. Eigentlich klang das meiste sehr plausibel. Es hinterließ in ihr den Eindruck, als wollte er sie tatsächlich vor schlechten Erfahrungen mit oberflächlichen Männern bewahren. Und ganz offensichtlich hatte er Jonathan schon längst durchschaut – und das, obwohl er ihn zu diesem Zeitpunkt noch nicht einmal kannte. Insbesondere Talhoffs letztes Schreiben offenbarte, wie sehr ihm daran gelegen war, Rosalie zu beschützen.

Sie tat, was sie nur in äußerst seltenen, verfahrenen Situationen, die an Ausweglosigkeit nicht zu überbieten waren, tat: Sie goss sich einen Martini ein. Frustriert ließ Rosalie sich auf ihr Sofa fallen und starrte Löcher in die Wand ihres Wohnzimmers. Sie sollte dringend die hässlich beige Tapete gegen eine farbenfrohe ersetzen. Am besten grün – »grün« wie die Hoffnung.

Wie so oft in den vergangenen Tagen konnte Rosalie nicht einschlafen. Sie wälzte sich von einer Seite zur anderen, aber fand doch nicht zur Ruhe. Sie sah ihn vor sich, diesen Unbekannten. In ihren Träumen wirkte er männlich, überlegen, zeigte Gentleman-Manieren.

Rosalie warf die Bettdecke zurück und schleppte sich hundemüde in die Küche. Sie trank ein warmes Glas Milch mit Honig, hatte aber nicht das Gefühl, dass ihr das den ersehnten Schlaf wiederbringen könnte. Ihr Unterbewusstsein hingegen war sich schon längst darüber im Klaren! Sie kniff die Lippen zusammen und schaltete das Licht im Wohnzimmer an. Dann steuerte sie schnurstracks auf den Schreibtisch zu. Sie wusste nun, was sie zu tun hatte.

Lieber Leo,
ich hoffe, ich darf Sie so nennen. Mein Brief kommt spät, ich weiß, und es gibt wenig entschuldigende Worte, die das erklären oder rechtfertigen könnten. Trotzdem hoffe ich darauf, dass Sie den Brief unvoreingenommen bis zu Ende lesen werden.

Die vergangenen Monate haben mein Leben sehr durcheinandergebracht. Überwältigt von Gefühlen, die, wie ich im

Nachhinein feststellen muss, verschwendet und oberflächlich gewesen waren, habe ich mich zu Dingen hinreißen lassen, die ich zwischenzeitlich sehr bereue. Ich nehme an, Sie haben Jonathan kennengelernt. Es fällt mir nicht leicht zuzugeben, dass Sie mit Ihrer Einschätzung richtiglagen. In Ihrem letzten Schreiben hatten Sie eindringlich versucht, mich vor Unheil zu bewahren, aber ich war blind und taub vor Liebe. Heute weiß ich, dass es keine Liebe war. Jonathan spielt in meinem Leben längst keine Rolle mehr. Leider war für diese Erkenntnis eine bittere persönliche Erfahrung nötig.

Ich möchte Ihnen trotzdem danken. Sie hatten es nur gut gemeint. Das habe ich jetzt erkannt. Die Tatsache, dass Sie nicht derjenige sind, für den ich Sie gehalten hatte, und Sie dies mir gegenüber aber auch nie korrigiert hatten, hatte mich sehr verunsichert. Ich fühlte mich belogen und betrogen und nahm an, Sie machten sich einen üblen Scherz auf meine Kosten. Das alles hat dazu geführt, dass ich Ihnen und Jonathan einen, zugegeben, unschönen Streich gespielt habe. Es gibt und gab nie einen anderen. Ich wählte diese Maßnahme, um mein Gesicht zu wahren. Jetzt weiß ich, dass ich es verloren habe.

Natürlich ist mir bewusst, dass man nicht alles im Leben rückgängig machen kann, aber dennoch möchte ich es nicht versäumen, Sie aus tiefstem Herzen um Verzeihung zu bitten.

Ihre Rosalie Parker

Sie legte den Stift beiseite, trank noch eine weitere Milch mit Honig und legte sich anschließend wieder zu Bett.

Dieses Mal gelang ihr das Einschlafen innerhalb weniger Minuten, doch ihre Nacht blieb traumlos.

Nicht das Klingeln ihres Weckers, sondern der Anrufbeantworter riss sie am anderen Morgen aus ihrem Schlaf. Ihr Chef fragte etwas ungehalten nach, warum sie noch nicht zur Arbeit erschienen war. Rosalie sprang aus den Federn, schlüpfte in ihre Kleider vom Vortag und war innerhalb von zehn Minuten aufbruchsbereit.

Mit schlechtem Gewissen betrat sie das Büro und klopfte mit betretener Miene an der Tür ihres Chefs. Die Standpauke hielt sich in Grenzen und Rosalie machte sich unverzüglich an die Arbeit. Dabei war sie sehr darauf bedacht, ihren Gedanken keine Möglichkeit zu lassen, in irgendeiner Weise auf private Sorgen und Probleme abzuschweifen.

Zu Hause jedoch dauerte es keine fünf Minuten, bis ihre Gefühle sie einholten. Sie sah noch immer den Brief, den sie vergangene Nacht an Leo geschrieben hatte, auf ihrem Schreibtisch liegen. Ob sie ihn überhaupt abschicken sollte? Eigentlich ging es ihr schon besser, alleine wegen der Tatsache, dass sie sich einmal alles von der Seele geschrieben hatte. Manchmal brauchte es ja auch nicht mehr. Das Schreiben an sich konnte schon befreiend wirken.

Nun gut, sie musste sich ja nicht sofort entscheiden. Den Brief konnte sie schließlich auch noch am nächsten oder übernächsten Tag abschicken.

Sie schickte ihn nicht ab – weder am folgenden noch an einem der weiteren Tage.

Der Spätsommer ging dem Ende zu. Die Blumen erblühten noch einmal in einer letzten Anstrengung zu voller Pracht, bevor sie sich endlich dem Kreislauf des Lebens hingaben. Auch Rosalie spürte, dass sie Teil dieses naturgesteuerten Schicksals war. Morgens gelang es ihr nicht mehr ganz so gut, energiegeladen aus dem Bett zu steigen und abends holte sie die Müdigkeit früher ein als während der warmen lebhaften Sommertage.

Das Bedürfnis, abends mit ihren Freundinnen um die Häuser zu ziehen, ließ nach. Sie verbrachte wieder mehr Zeit vor dem Fernseher oder mit einer Wärmflasche und einem guten Buch auf dem Sofa.

Was die Arbeit anbelangte, war sie froh, dass sie im Geschäft derzeit unentbehrlich war. Das gab ihr das Gefühl, wenigstens doch noch zu irgendetwas nütze zu sein. Man hatte ihr sogar angeboten, als persönliche Assistentin des Chefs auf der Gehaltsskala ein Treppchen höher zu klettern. Es wäre irrwitzig gewesen, das Angebot nicht anzunehmen. Wenn sie ehrlich war, war es einfach nur ein Geschenk, denn es würde sich faktisch sowieso nichts Wesentliches ändern. Als rechte Hand ihres Vorgesetzten hatte sie sich schon die vergangenen fünf Jahre bewährt und wunderte sich nun eher über die neue Betitelung.

Aber dann kam ein Tag, der ihre träge, alltägliche Routine noch einmal auf den Kopf stellte. Als sie am frühen Abend von der Arbeit nach Hause gekommen war, fand sie ihn: einen Brief von Leo Maria Talhoff. Ihre Überraschung war ihr anzusehen. Sie hatte nicht mehr mit einer Rückmeldung gerechnet, erst recht nicht, nachdem sie selbst zu feige gewesen war, ihren Entschuldigungsbrief an ihn abzuschicken.

Mit pochendem Herzen und zitternden Fingern öffnete sie das Kuvert. Es war ein langes Schreiben. Rosalie musste es zweimal lesen, bis sie begriff, was er ihr darin mitzuteilen versuchte.

Liebe Rosalie,
eigentlich hatte ich gar nicht vor, Ihnen noch einmal zu schreiben, aber das Leben kommt eben immer anders. Unser „verpatztes Treffen" war vermutlich nicht ganz unbeabsichtigt als solches inszeniert worden und ich habe mir lange Gedanken darüber gemacht, was Sie bewogen haben könnte, nicht nur Jonathan, sondern auch mir eine derartige Absage zu erteilen. Für mich kam nur eine Erklärung infrage: Sie hatten aufgrund meines vorangegangenen Schreibens endlich verstanden, dass Sie es nicht mit einer Gleichgeschlechtlichen zu tun hatten. Verzeihen Sie, dass ich Sie so lange im Ungewissen gelassen hatte, aber der Briefwechsel mit Ihnen war mir über die Wochen so sehr ans Herz gewachsen, dass ich ihn nicht mehr missen wollte. Doch musste ich davon ausgehen, dass Sie mich, irregeleitet durch meine Initialen und den Zweitnamen Maria, für ein weibliches Wesen hielten. Ich brachte es über all die Zeit nicht fertig, Sie aufzuklären, denn ich wollte nicht verlieren, was wir geschaffen hatten: ein Vertrauen und eine Verlässlichkeit in einer Welt, in der wir so oft nicht sein können, wer wir wirklich sind. Aber ich wusste auch, dass ich Sie irgendwann darauf vorbereiten musste, mit wem Sie es wirklich zu tun haben, insbesondere im Hinblick auf ein

Treffen, denn ich wollte Sie unter keinen Umständen schockieren. Die Lösung, die ich gewählt hatte, hat sich nicht bewährt. Es war falsch und unehrlich nicht von Anbeginn mit offenen Karten zu spielen. Ich habe Ihr Vertrauen verloren. Das bedaure ich am meisten. Sie haben ihre Konsequenzen gezogen und mir zu verstehen gegeben, dass ich in Ihrem Leben nichts mehr zu suchen habe. Das kann und muss ich akzeptieren. Ich bin sogar mächtig stolz auf Sie! Sie haben Ihr Leben selbstbewusst in die Hand genommen. Zu Ihrem taktischen Schlag gegen Jonathan möchte ich Ihnen gratulieren. Das haben Sie sehr gut gemacht! Ich bin wirklich erleichtert zu wissen, dass er Ihrem Herzen nichts mehr anhaben kann. Sie haben also alles richtig gemacht, wenn ich das so sagen darf, und dafür habe ich das Opfer gerne gebracht.

Ich werde am Donnerstag für einige Monate geschäftlich in die USA reisen und wollte mich daher noch verabschieden. Es ist mir ein Anliegen, mich nochmals bei Ihnen zu entschuldigen für das, was ich Ihnen angetan habe. Vielleicht können Sie die Wut, die Sie gegen mich empfinden, eines Tages vergessen und es bleiben dann lediglich die schönen Erinnerungen an eine unbeschreibliche Zeit zwischen uns beiden.

Ich wünsche Ihnen alles Gute und geben Sie weiterhin gut Acht auf sich!
Ihr Leo Talhoff

Rosalie schluckte schwer. Seine gegenwärtige Ehrlichkeit trieb ihr Tränen in die Augen. Mit verschleiertem Blick las sie noch einmal die letzten Abschiedsworte. Er würde gehen – morgen schon! Würde sie verlassen, vermutlich endgültig. Wie ein aufgescheuchtes Tier sprang sie in der Wohnung herum, lief ins Bad, kämmte sich die Haare, räumte das Geschirr in der Küche von der Anrichte auf die Spüle und wieder zurück, weil sie eigentlich gar nicht vorhatte, jetzt abzuspülen. Sie stellte die Schuhe in der Garderobe ordentlich nebeneinander, räumte die Zeitschriften in den ledernen Zeitschriftenhalter neben dem Sofa, blieb dann stehen und fuhr sich zerstreut durch ihr Haar, das inzwischen schon wieder kinnlang nachgewachsen war. Was tat sie nur hier? Er würde abreisen, und zwar morgen. Es war zu spät, ihm jetzt noch ihren Brief zu schicken, er würde ihn nicht mehr erreichen. Sie hatte den richtigen Zeitpunkt verpasst, hatte ihn aufgegeben, ohne ihm den Hauch einer Chance zu geben. Manche Fehler konnte man nicht revidieren. Diese Lebensweisheit kannte sie aus eigener Erfahrung. Es gab keine Hoffnung, das Ruder noch einmal herumzureißen.

Betrübt betrat sie ihren Balkon und erblickte das spätsommerliche Abendrot, das sich über die Stadt legte und das stets Geschichten von Romantik und Liebe erzählte. Gab es wirklich keine Möglichkeit?

15

Bevor sie am anderen Morgen das Haus verließ, rief sie ihren Chef an und meldete sich krank.

Sie nahm die U-Bahn um 7.10 Uhr zum Hauptbahnhof und von dort den Zug nach Nidda. Mit etwas Glück würde sie nach ihrer dortigen Ankunft den Anschlusszug nach Schotten bekommen. Vielleicht war es ja noch nicht zu spät, ihn abzufangen. Sie wusste nicht, wann er fliegen würde und es war schwierig abzuschätzen, weil den lieben langen Tag Flieger in die USA starteten. Sie konnte nur hoffen, dass Leo sich nicht für einen ganz frühen Flug entschieden hatte.

In Nidda angekommen, fuhr ihr unglücklicherweise der Zug nach Schotten vor der Nase weg und sie hätte noch eine weitere Stunde Wartezeit einrechnen müssen. Doch zu wissen, dass sie ihn genau deshalb verpassen könnte, machte sie so unruhig, dass sie sich letztlich für ein Taxi entschied.

Der Wagen quälte sich durch den allmorgendlichen Stau der Innenstadt und Rosalie wünschte sich, die Zeit würde für einen Augenblick stillstehen, während sie selbst als Zeitreisende weiterfuhr, ihrem Ziel entgegen. In der Kirchstraße stieg sie aus und bat den Fahrer einen Augenblick zu warten. Leos Adresse hätte sie nicht einmal mehr aufschreiben müssen, sie hatte sich durch ihren ständigen Briefwechsel längst in ihr Hirn gebrannt.

Ihr Herz hämmerte wie wild, als sie das Gartentörchen öffnete. Ein Schild, das an der niedrigen Mauer angebracht war, gab nähere Auskunft: Dr. Leo Maria Talhoff – Psychologe. Ihr wurde mulmig zumute und ihre Knie gaben nach.

»Das hätte ich mir ja denken können, Herr Psychologe«, murmelte sie spöttisch vor sich hin. »Das erklärt natürlich manches!«

Nachdem sie sich wieder gefasst hatte, lief sie den kleinen Weg entlang durch den Vorgarten und kam schließlich vor Hausnummer 15 zum Stehen. Die Aufregung trieb ihr die Röte ins Gesicht und sie musste ein paar Mal tief durchatmen, bevor sie auf die Klingel drückte.

Das Warten kam ihr wie eine Ewigkeit vor. Es war gut möglich, dass sie ihn aus dem Schlaf gerissen hatte. Sie drückte noch einmal, falls er die Klingel nicht gehört hatte. Nach einer weiteren Minute läutete sie noch einmal. Er könnte auch unter der Dusche sein, dann müsste sie ihm einfach noch ein bisschen Zeit geben. Nervös trat sie von einem Fuß auf den anderen. Sie drehte sich um und gab dem Taxifahrer ein Zeichen, er möge bitte noch warten.

Je länger sie vor der Haustür stand, desto mehr holte sie die Realität wieder zurück in ihr Leben. Er würde nicht aufmachen, egal wie oft sie noch läutete. Es war zu spät, er hatte das Haus schon längst verlassen. Sie konnte noch ewig untätig herumstehen und hysterisch auf dem Klingelknopf herumdrücken, es würde nichts ändern. Sie musste den Gedanken, ihn je wiederzusehen, aufgeben.

Geknickt stieg sie ins Taxi. Nur gut, dass sie es noch nicht weggeschickt hatte. Es fiel ihr schwer, die Tränen zurückzuhalten. Der Fahrer bemerkte es und bot ihr ein Kosmetiktuch an. Wohin es denn gehen sollte, wollte er wissen. Rosalie fasste sich und obwohl bereits ganz andere Worte aus ihrem Kopf über die Nervenbahnen bis zu ihrer Zunge gelangt waren, so sprudelten nun, völlig ungeplant, andere aus ihrem Mund hervor. Rosalie war selbst überrascht.

»Zum Flughafen, bitte! Und so schnell wie möglich!«

Der Fahrer schmunzelte. »Yes, Mylady! Ich habe verstanden. So schnell wie möglich!« Er grinste breit. »Ich kenne da eine Abkürzung.«

Eine Dreiviertelstunde später waren sie am Flughafen. Das riesige Areal wirkte auf den ersten Blick unübersichtlich, aber der Fahrer wusste genau, zu welchem Terminal und zu welchem Eingang er sie bringen musste, dass sie dabei so wenig Zeit wie möglich verlor. Rosalie bezahlte ihn großzügig, huschte eilends durch die gläserne Drehtür zur Eingangshalle, wo sich im oberen Stockwerk die Leute zu den Abflügen an die einzelnen Schalter begaben. Es würde schwierig werden, jemanden zu finden, von dem man nicht einmal wusste, wie er aussah. Sie würde also nicht weiterkommen, indem sie die Menschenmenge ins Visier nahm. Daher sah sie sich nach einer Informationstafel um, auf der die Abflüge dieses Tages mit den aktuellen Zeiten vermerkt waren.

Eine Maschine nach San Francisco war gerade gestartet. Rosalie mochte gar nicht daran denken, dass Leo Talhoff mit an Bord war, denn dann wäre alles umsonst gewesen. Sie beschloss, sich an das Personal des Informationsschalters zu wenden und freundlich nachzufragen, ob ein gewisser Leo Maria Talhoff als Flugpassagier gelistet war und um welche Airline es sich handelte.

Man wollte ihr nicht gleich Auskunft geben und Rosalie überlegte schon, welche ihrer zahlreichen Ausreden sie nun aus dem Ärmel schütteln sollte, um an die gewünschten Informationen zu gelangen, da sprudelte bereits die schlichte und einfache Wahrheit aus ihr heraus. Sie wäre in einer Herzensangelegenheit hier und die Geschichte wäre so unglaublich wie in einem romantischen, klischeebehafteten Liebesfilm. Dabei leuchteten ihre Augen so hoffnungsvoll, dass die Leute aus der Warteschlange hinter ihr sie mitfühlend ansahen.

»Wenn das so ist«, strahlte die Flughafenmitarbeiterin sie freundlich an, »dann möchte ich Ihrem Glück natürlich nicht im Wege stehen. Warten Sie einen Augenblick!« Sie gab die genannten Daten in ihren Computer ein und kaum eine Minute später wusste Rosalie, dass Leo noch nicht abgeflogen war. Ihr fiel solch ein gewaltiger Stein vom Herzen, dass sie sich gleich um mehrere Kilo leichter fühlte. Wenn die Dinge weiterhin so gut liefen, würde sie sicher noch davonschweben, wie eine Feder, die sanft von einer Brise erfasst durch die Lüfte wirbelte.

Sie bedankte sich überschwänglich bei der netten Mitarbeiterin und begab sich dann zu den Schaltern der Airline, die man ihr genannt hatte. Es war noch zu früh zum Einchecken. Bis auf einen etwas verwahrlosten älteren Herrn stand niemand am Schalter. Der Flug würde erst in knapp drei Stunden gehen. Sie hatte also noch Zeit einen Kaffee zu trinken. Sie setzte sich etwas abseits des Trubels in eines der Bistros und bestellte sich einen Cappuccino. Sie erinnerte sich daran, wie sie vergangenen Monat selbst am Flughafen auf ihren Flug nach Italien gewartet hatte. Auch damals hatte sie noch in einem Café gesessen und an Leo gedacht. Nein, das war nicht ganz richtig. Sie hatte nicht an Leo Talhoff gedacht, sondern an seine Briefe – an die Briefe einer unbekannten alten Dame, die ihr über die Wochen so ans Herz gewachsen waren. So sehr, dass sie ihr Dinge anvertraute, die sie zum damaligen Zeitpunkt nicht einmal ihren engsten Freundinnen erzählen konnte. Sie war ihr so vertraut gewesen, dass sie sogar im Urlaub noch den Kontakt mit ihr gesucht hatte.

Tausend Bilder stürzten plötzlich auf sie ein. Die Lage war nun eine komplett andere. Maria war auf einmal Leo und überhaupt, sie kannte ihn ja nicht einmal. Warum war ihr das alles nur so wichtig?

Eine gute halbe Stunde war vergangen. Rosalie wurde allmählich unruhig. Sie trank ihren letzten Schluck Cappuccino und begab sich dann wieder in Richtung Schalter.

Inzwischen standen schon ein paar Leute mit ihrem Gepäck in der Reihe der Wartenden. Rosalie wurde schlagartig bewusst, dass es völlig hoffnungslos sein würde, nach ihm Ausschau zu halten. Sie wusste bis heute nicht, wie er aussah. In ihrem Innersten hatte sie nur Tizias wage Beschreibung von Leo Talhoff abgespeichert und die war alles andere als eindeutig. Auch bestand keine Hoffnung, dass er *sie* erkennen würde. Er hatte sie ja nie zuvor gesehen. Rosalie seufzte tief. Da gab es nur eines: Sie musste ihn ausrufen lassen! Aber dafür war es vielleicht noch ein bisschen früh. Sie sollte ihm noch etwas Zeit geben, befand sie.

Als sie dann wenig später noch einmal am Informationsschalter stand, war sie sichtlich erleichtert, dass sie wieder auf dieselbe freundliche Mitarbeiterin traf, die sie schon kannte. Sicherlich würde sie sich noch an sie erinnern, dachte Rosalie hoffnungsvoll.

»Miss ... entschuldigen Sie bitte ... sicher erinnern Sie sich noch an mich?«, brachte Rosalie etwas zögerlich hervor.

Sie nickte. »Aber natürlich! Sie sind die Dame mit der romantischen Geschichte.« Erwartungsvoll sah sie Rosalie an. »Kann ich noch etwas für Sie tun?«, fragte sie mit honigsüßer Stimme.

»Ja ... also, um es mal so zu sagen ... es wäre schön, wenn Sie mir noch einen letzten Wunsch erfüllen könnten.« So musste sich ein Verurteilter vor seinem Henker fühlen – doch zugegeben war ihr die Vorstellung, von einer Mitarbeiterin eine Absage zu erhalten, lieber, als in einer Guillotine zu enden. Sie gab sich also einen Ruck und fragte: »Wären Sie wohl so freundlich und würden in etwa zwanzig Minuten Herrn Leo Talhoff ausrufen lassen? Das wäre so unglaublich nett von Ihnen! Ich versichere, er wird es Ihnen ewig danken«, sie verzog ihren Mund zu einem schüchternen Lächeln, »und ich auch!«, vollendete sie ihren Satz.

Die Mitarbeiterin schaute zunächst etwas skeptisch drein und erzählte etwas von Notfällen und Regeln und wollte wissen, wer die Verantwortung dafür trage. Doch dann gab sie ihrem Herzen einen Stoß und versprach ihr Möglichstes zu tun.

»Und bitte, vergessen Sie es nicht! Es könnte unser Leben verändern!« Rosalie wandte sich zum Gehen, da hörte sie noch, wie sie ihr nachrief:

»Aber ich will auf jeden Fall wissen, wie diese Geschichte mit Ihnen beiden ausgeht. Wenn ich schon die Weichenstellerin bin!«

Rosalie drehte sich noch einmal um und warf ihr ein dankbares Lächeln entgegen. Wie gut es doch war, von netten Menschen umgeben zu sein.

Zurück an den Schaltern der Airline entspannte sich Rosalie ein wenig. Jetzt konnte ja fast nichts mehr schiefgehen. Die Warteschlangen an den Schaltern hatten sich inzwischen enorm verlängert. Alte und junge Leute, Singles und Pärchen, sowie Familien mit Kindern und Unmengen an Gepäck standen bereit, um einzuchecken.

Immer wieder ließ Rosalie ihr Auge über die Menge schweifen. Nein, er war sicherlich noch nicht da. Keine der männlichen Personen passte auf Tizias Beschreibung. Ein untersetzter Mittfünfziger warf ihr verstohlene Blicke zu, die Rosalie aber nicht erwiderte. Sie hoffte inbrünstig, dass Leo noch ankommen würde, bevor man ihn ausrief.

Da auf einmal durchfuhr es sie wie ein Blitz! Er stand vor ihr: groß, schlank, dunkelhaarig. Genau das waren die Bilder, die sie in ihrem Innersten vergraben hatte. Er trug eine Jeans, ein weißes Hemd, das er oben offen gelassen hatte, und dazu ein anthrazitfarbenes Jackett. Er wirkte gepflegt und doch ein wenig verwegen mit seinem Dreitagebart. Rosalie musterte ihn. Er mochte zwischen Ende vierzig und Anfang fünfzig sein.

Ihr Herz begann schon wieder Saltos zu schlagen. Und dann hatte auch er sie entdeckt. Er sah sie und für einen Moment hatte Rosalie das Gefühl, ihr Leben stünde ihr auf der Stirn geschrieben und im nächsten Bruchteil einer Sekunde wisse er alles über sie.

Er lächelte. Es war ihm nicht entgangen, dass ihr Blick noch immer auf ihm ruhte. Er fuhr sich durchs Haar und lächelte noch immer.

Was, wenn er es nicht war? Sie holte tief Atem. Sie könnte auch einfach warten, bis sein Name ausgerufen wurde. Dann hätte sie Gewissheit.

Sein Lächeln klebte an ihr wie Kautschuk. Sie hatte etwas losgetreten, das sich nicht mehr so einfach zurücknehmen ließe. Das hatte nicht nur sie gespürt.

Mit großen Schritten kam er auf sie zu. Er stellte seinen Koffer ab und sah ihr in die Augen. Dann lächelte er wieder.

»Ich glaube, du bist jemand, den ich gerne näher kennenlernen würde.« Ein Lächeln zeichnete sich um seinen Mund ab, dann fuhr er mit seiner angenehm tiefen Stimme fort: »Und ich glaube auch, wir kennen uns schon eine ganze Weile, stimmt's?«

Rosalie verschlug es die Sprache, doch sie nickte bestätigend. Er hatte sie tatsächlich erkannt! Sie konnte seinem Blick nicht mehr standhalten. Etwas beschämt sah sie nach unten zu ihren Füßen, die leicht zu zittern begannen. Noch immer brachte sie keinen Ton heraus.

Er hob ihren Kopf an und sah ihr in die Augen. »Es war also doch nicht umsonst gewesen.« Sachte berührte er sie am Arm. »Du hast einen weiten Weg auf dich genommen. Das ist das schönste Abschiedsgeschenk, das du mir machen konntest.«

Bei dem Wort »Abschied« schien Rosalie aus ihrer Starre zu erwachen. »Es tut mir so schrecklich leid! Ich hatte dir einen Brief geschrieben, um dir alles zu erklären, aber ich habe ihn nie abgeschickt. Wie so oft fehlte mir dazu der Mut«, erklärte sie immer leiser werdend. Tränen verschleierten ihren Blick und sie stand mit gesenktem Kopf vor ihm. »Und nun ist es zu spät. Du hast dich entschieden abzureisen.«

Er legte seinen Kopf schief und zwinkerte ihr zu. »Es ist ja nicht für immer. Ich bin zu einigen Vorträgen an diversen Universitäten in den USA eingeladen. Außerdem muss ich selbst dort auch ein paar Vorlesungen halten. Das ist sozusagen ein faires Austauschprojekt und dürfte für alle Beteiligten interessant werden.«

»Das kann ich mir lebhaft vorstellen. Ich fände es mit Sicherheit auch hochinteressant, obwohl ich, zugegeben, ein nur amateurhaftes Wissen im Fachbereich Psychologie habe. Aber mit etwas Glück könnte ich das vielleicht bald mit professioneller Unterstützung ein wenig auffrischen, Herr Doktor.« Sie sah ihn kess an. Ihre Unsicherheit schien auf einmal wie weggeblasen. Von einer Sekunde zur anderen fühlte Rosalie sich merkwürdig sicher an seiner Seite.

»Das wäre durchaus denkbar«, antwortete er ebenso scherzhaft. Dann warf er einen Blick auf die große

Uhr in der Halle. »Ich sollte nun wohl besser einchecken.«

»Ja, solltest du wohl«, seufzte Rosalie schweren Herzens. »Schade, dass unser erstes Treffen nur so kurz ist.«

»Kurz, aber intensiv!«, lachte Leo Talhoff und drückte Rosalie an sich. »Ich verspreche, ich komme wieder und dann werden wir nachholen, was wir über all die Zeit versäumt haben.«

»Es klingt wie ein Versprechen.« Der Satz kam mehr einer Frage als einer Feststellung gleich. Sie umarmte ihn zum Abschied und er drückte sie fest an sich. Als seine Lippen die ihren trafen, fühlte Rosalie ein Feuerwerk in ihrem Kopf. Zum ersten Mal spürte sie, wie sich echte Leidenschaft anfühlte. Sie fühlte sich ihm so nah, dass sie sich ihm völlig hingeben konnte, und musste dabei kein bisschen Angst vor der Zukunft haben. Seltsam, dass man sich seiner Sache so sicher sein konnte, obwohl man den anderen doch noch gar nicht so lange kannte. Sie dachte an ihren Briefwechsel – nun ja, ein Weilchen kannten sie sich ja doch schon, wenn dies auch nicht die herkömmliche Art und Weise war, jemanden kennenzulernen.

Sie spürte seinen Atem auf ihrer Wange und fühlte sich erregt. Die Liebkosungen seines Mundes auf ihrem Gesicht fühlten sich an wie Seide auf samtweicher Haut. Sie schmiegte sich noch einmal fest an ihn, bevor sie sich von ihm löste, und flüsterte ihm liebevoll ins Ohr: »Aber wie soll ich es denn nur all die Zeit ohne dich aushalten?« Sie setzte einen sehnsuchtsvollen Blick auf.

»Na du wirst mir natürlich schreiben!«, antwortete er

mit einem breiten Grinsen. »Und ich verspreche dir, ich werde dir antworten!«

»Das will ich dir auch geraten haben, Herr Doktor, denn sonst musst du nach deiner Reise erst einmal eine höchst deprimierte Patientin therapieren.«

Er lachte. »Oje, das dürfen wir wohl auf keinen Fall riskieren!«

»Ach, und bitte adressiere den Brief richtig. Nicht dass irgendeine Fremde sich da in Angelegenheiten mischt, die sie nichts angehen«, neckte sie ihn. »Wer ist eigentlich dieser Robert Parker? Doch nicht etwa ein Berufsgenosse?«

»Doch, damit hast du tatsächlich ins Schwarze getroffen, meine Liebe. Genau das ist er. Wir haben an derselben Universität studiert und fast die gleiche berufliche Laufbahn hinter uns. Wir hatten sogar einmal darüber nachgedacht uns beruflich mit einer gemeinsamen Praxis zusammenzutun.«

Rosalie konnte ein Glucksen kaum unterdrücken, als sie an den ersten falsch adressierten Brief von Leo dachte. Damals war sie noch davon ausgegangen, dass die Zeilen von einer Leidensgefährtin stammten.

Wie sich der Fluss des Lebens doch ständig änderte und wie er immer wieder für überraschende Wendungen sorgte. Bei dem Gedanken daran wurde ihr warm ums Herz.

Da ertönte ein Gong und eine Durchsage erfüllte den Raum: »Herr Leo Talhoff, bitte zur Information, Herr Leo Talhoff!«

Er sah sie überrascht an, aber dann begannen sie zu

lachen. »Soso, zu solchen Mitteln greifen Sie also, Frau Parker. Sie sind ja mit allen Wassern gewaschen!«

»Oh nein«, rief sie sich verteidigend, »aber ich weiß jetzt endlich, was ich will.«

»Das ist schön. Gut Ding will Weile haben.«

»Wo du nur all diese Lebensweisheiten her hast? Doch nicht aus deinem Studium?« Rosalie runzelte gespielt skeptisch die Stirn.

»Lebenserfahrung, meine Liebe! Darin habe ich wohl ein kleines bisschen Vorsprung!«

Leo Talhoff nahm seinen Koffer und hob grüßend die Hand zum Abschied.

»Und wenn es dir je zu lange dauert, dann komm mich besuchen. Den Platz in meinem Herzen werde ich für dich freihalten – versprochen!«

Mit klopfendem Herzen dachte Rosalie an ihre noch verbleibenden Urlaubstage. Eine Woche war nicht viel, aber es war ein Anfang und vielleicht nicht der schlechteste.

Sie warf ihm noch eine letzte Kusshand zu, dann machte sie sich auf den Weg, zurück in ihr Leben, das ab jetzt wohl ein anderes sein würde.

Als sie am Informationsschalter vorbeikam, rief sie der Mitarbeiterin fröhlich zu: »Das Märchen ist gut ausgegangen. Die Prinzessin hat ihren Prinzen gefunden und dank der guten Fee«, dabei warf sie der jungen Frau ein glückliches Lächeln zu, »dürfen sich die beiden bald schon auf eine großartige Zukunft in ihrem Königreich freuen.«

Danksagung

Mein herzlichster Dank geht insbesondere an meine Eltern und Kinder, die immer an mich geglaubt haben. Ebenso möchte ich meinen Freundinnen Alex Krämer und Katja Bodinek von Herzen danken, die mein Manuskript gelesen und mich zu einer Veröffentlichung ermuntert haben. Tausend Dank auch an all meine Freunde, die mich auf meinem Weg unterstützt haben. Ein besonderer Dank geht auch an alle Mitarbeiter des TWENTYSIX-Verlags, die stets ein offenes Ohr für meine Fragen hatten und für eine zügige und zuverlässige Produktion des Buches gesorgt haben.

Ein riesiger Dank geht an Thomas Thumm für seine nie enden wollende Unterstützung, Geduld und sein großes Know-how!

Jegliche Übereinstimmung von Namen, Orten und Begebenheiten ist rein zufällig.

Leseprobe

Ohne Gold läuft nichts

1

Blendete man die jüngsten Geschehnisse des letzten halben Jahres aus und betrachtete mit sachlichem Auge lediglich die üblichen Äußerlichkeiten, so könnte gewiss ein jeder zu dem Schluss gelangen, es mit einer ganz normalen, ja geradezu durchschnittlichen jungen Frau zu tun zu haben.

Ich zählte siebenundzwanzig Jahre, war brünett, mittelgroß und eher der mollige Typ. Diäten hatte ich seit dem Ende meiner Jugendzeit aus meinem Leben verbannt, da es keine von ihnen geschafft hat, mir zur Traumfigur zu verhelfen. Dabei verlangte ich ja gar nicht das Unerreichbare. Dass ich nie ein sexy Model mit Beinen bis zum Hals und den Idealmaßen für Bauch, Beine, Po werden würde, war mir durchaus bewusst, aber ein bisschen näher an das Optimum wollte man schließlich herankommen, wenn man schon die Qualen einer Diät auf sich nahm. Doch wie schon gesagt, das Ergebnis ließ stets zu wünschen übrig. Folglich begnügte ich mich also irgendwann damit, zu sein, wer ich war und gönnte mir an stressigen Tagen lieber noch ein Stückchen Schokolade mehr, denn das sollte ja angeblich glücklich machen – und gegen Glück war doch nun wirklich absolut gar nichts einzuwenden.

Als wirklich stressig empfand ich mein Leben nicht. Ich war Studentin im siebten Semester im Fachbereich Psychologie. Die Vorlesungen waren meistens interessant und ich ging nicht ungern an die Uni, um mich weiterzubilden. Sogar das Lernen in meinen eigenen vier Wänden machte mir großteils Spaß. Stress hatte ich eigentlich nur zu Semesterende, wenn es an die Prüfungen und die Hausarbeiten ging. Das konnte selbst eine interessierte Studentin wie mich manchmal ins Schwitzen bringen. Zu diesen sehr straffen Zeiten verdoppelte sich auch mein Schokoladenverzehr und ich war deshalb in mehrfacher Hinsicht erleichtert, dem Ende der Prüfungsphasen entgegenzugehen.

Die ersten Tage der Semesterferien brauchte ich also grundsätzlich, um ein wenig auszuspannen und mich wieder neu zu sortieren. Das bedeutete: etwas mehr Schlaf, gesünderes Essen und ausgiebig Sport – ansonsten hätte ich bei jedem Stückchen Schokolade ein schlechtes Gewissen gehabt. Außerdem musste ich mir in der vorlesungsfreien Zeit auch immer noch etwas dazuverdienen. Bis jetzt war ich stets an gute Jobs gekommen. Vielleicht lag es daran, dass ich generell für vieles offen war, vielleicht hatte ich aber auch einfach nur das nötige Quäntchen Glück, das einem das Leben manchmal zukommen ließ. Ich kannte zum Beispiel die Tochter des Inhabers meines Fitnessstudios, was mir wiederum regelmäßige Aushilfsjobs dort einbrachte. Auch samstags während des Semesters konnte ich mir somit den ein oder anderen Euro hinzuverdienen. Für die kommenden Ferien hatte ich allerdings noch keinen Plan. Das Fitnessstudio hatte bereits genug Personal und ich musste mich auf die Suche nach etwas anderem machen.

Ich wohnte einigermaßen zentral mit einer guten Anbindung in die Innenstadt. Im Sommer blühte dort das Leben förmlich, was Balsam für meine Seele war. Im Winter war es eher trist, aber das war vermutlich ein genereller Zustand, den die kalte Jahreszeit mit sich brachte, egal wo man in unseren Breitengraden lebte. Das alte Mehrfamilienhaus, das äußerlich zwar dringend renovierungsbedürftig war, zeigte innen noch einen guten Zustand. Seit fast zwei Jahren wohnte ich nun schon in der Dachwohnung und hatte mich dort gemütlich eingerichtet. Lediglich einen Balkon vermisste ich an den warmen Sommertagen, in denen es unter dem Dach oft drückend heiß wurde.

Außer mir lebten noch vier weitere Parteien im Haus; jedoch kannte ich meine Nachbarn nicht sonderlich gut. Man grüßte sich zwar höflich, wenn man sich im Treppenhaus oder auf der Straße begegnete – das war aber auch schon alles. Ich nahm an, es lag vor allem daran, dass ich als Studentin einen etwas anderen Lebenswandel führte als die anderen Mitbewohner. Trotzdem glaubte ich, war ich nicht sonderlich anstrengend für meine Mitmenschen. Ich war höflich, pflichtbewusst – das heißt, ich dachte stets an die Kehrwoche und stellte den Müll rechtzeitig nach draußen – und feierte keine mitternächtlichen Partys mit Kommilitonen. Vermutlich war mein innerstes Bedürfnis nach Harmonie so mächtig, dass ich grundsätzlich nie Anlass für Ärgernisse bot. Eine Freundin schlug mir vor, einmal so richtig die Sau herauszulassen und alles das zu tun, was ich unter normalen Umständen niemals getan hätte, damit ich lernte über mich selbst hinauszuwachsen – sozusagen als Therapie für meine übertriebene Harmoniesucht. Aber das wäre eben nicht ich gewesen. Und überhaupt, welchen Sinn machte es, seinen eigenen Charakter zu bekämpfen, insbesondere solange man gut mit dem durchkam, was man so fabrizierte.

Mein bester Freund hieß Chris – wir begegneten uns im ersten Semester und belegten fortan dieselben Kurse. Kaum ein Tag verging, an dem sich Chris und ich nicht trafen. Am Wochenende lernten wir oft zusammen und abends gingen wir häufig in dieselben Kneipen der Szene.

Mit von der Partie war aber auch oftmals meine engste Freundin Giulia. Sie war Halbitalienerin und ich kannte sie noch aus Schulzeiten. Sie lebte noch bei ihren Eltern, weshalb sie es immer sehr genoss, die Abende bei mir oder irgendwo auswärts zu verbringen, wo sie dem kontrollierenden Auge ihrer Familie entging. Chris und Giulia verstanden sich allerdings alles andere als prächtig. Es war mitunter ziemlich anstrengend, mit beiden zugleich zusammen zu sein. Ich musste schon verrückt sein, mich ständig der Gesellschaft dieser unverbesserlichen Streithammel auszusetzen. Aber sie waren mir eben beide über die Jahre sehr ans Herz gewachsen und so brachte ich es nicht fertig, einen von ihnen aus meinem Leben zu verdrängen.

Meine Eltern lebten einige Kilometer entfernt in einem hübschen Einfamilienhaus am Stadtrand. Ich sah sie zwei- bis dreimal im Monat, in den Ferien auch etwas öfter. Meine Mutter konnte es nicht lassen, noch immer mütterlich für mich zu sorgen. Wann immer es ihr zeitlich möglich war, verwöhnte sie mich mit einem leckeren Essen, einem gebügelten Wäschekorb oder einer prall gefüllten Einkaufstüte, die dann völlig unerwartet vor meiner Wohnungstür stand und darauf wartete, von mir gefunden zu werden.

Bis hierhin konnte man also noch immer glauben, ich würde ein ganz normales Leben führen. Es deuteten keinerlei Auffälligkeiten, Unregelmäßigkeiten oder besondere Ereignisse darauf hin, dass ich anders war als andere oder sich mein Dasein als etwas Ungewöhnliches herausstellen würde. Doch dann kam der Tag, an dem das Unerwartete mich doch erwischte.

Ich klemmte mir meine Handtasche unter den Arm, schnappte mit einer Hand den kleinen Papiermülleimer und zog mit der noch freien Hand die Tür hinter mir zu. Auf dem Weg nach draußen machte ich vor den großen Mülltonnen, die seitlich am Haus unter einer schmalen Überdachung standen, halt und hob den Deckel der grünen Tonne an. Na prima, dachte ich zum wiederholten Male. Mit regelmäßiger Gewohnheit, oder zumindest dann, wenn ich meinen Papiermüll loswerden wollte, quoll die Tonne über und was ganz obenauf gelegen hatte, wurde vom Wind in alle Himmelsrichtungen davongetragen und mir kam dann die undankbare Aufgabe zu, die überall verstreuten Schnipsel wieder aufzulesen. Ausgerechnet heute, wo ich sowieso in Eile war, weil ich das morgendliche Weckerklingeln mehrfach ignoriert hatte, machte mich diese stetig wiederkehrende Misere ungeduldig. Verärgert kickte ich meinen Fuß gegen die Tonne, die zwar nichts dafür konnte, aber mir auch keinen anderen Sündenbock anzubieten hatte. Mit beiden Fäusten drückte ich den Papiermüll in der Tonne dicht nach unten, damit noch ein wenig Platz für den Inhalt meines eigenen Papierkorbs entstand. Anschließend sammelte ich in Windeseile die zuvor herausgeflatterten Papierfetzen wieder auf. Gerade griff meine Hand nach einem etwas größeren Papierstreifen, da sah ich eine Armlänge entfernt einen Briefumschlag auf dem Boden liegen. Der merkwürdige Text, der darauf in schlampiger Schrift geschrieben stand, stach mir sofort ins Auge. »An das Leben«. Was für eine merkwürdige Anrede. Wer schrieb denn schon seinem Leben einen Brief? Doch nun war meine Neugier entfacht. Ich konnte nicht umhin, den Umschlag zu öffnen und den Brief herauszunehmen. Mein Herz begann spürbar zu klopfen.

Ich war überrascht, ja fast schon ein bisschen enttäuscht, nicht mehr als ein paar krakelige Zeilen vorzufinden. Bereits in jungen Jahren hatte ich es als Herausforderung betrachtet, anderer Leute unleserliche Schrift zu erforschen, und vergaß darüber, dass ich dafür eigentlich gar keine Zeit hatte.

Meine Augen wanderten über den Briefbogen. Angestrengt versuchte ich, die Worte zu entschlüsseln. Ich erstarrte. Hatte ich richtig gelesen? Noch einmal richtete ich meinen Blick auf die Worte, die ich soeben entziffert hatte und atmete hörbar laut aus.

Liebes Leben,
warum quälst du mich so? Ich weiß, ich kann mich keinen Engel rühmen, aber es ist sicherlich nicht gelogen, wenn ich von mir als anständigem Menschen spreche. Darum drängt sich mir die Frage auf, habe ich so etwas tatsächlich verdient? Was du mir präsentierst, ist eine endlose Farce und leider kann ich in dir keinen Sinn mehr sehen. Ich weiß nicht mehr, was ich tun soll.

Am liebsten würde ich dir ein für alle Mal ein Ende setzen. Ein Weitermachen wäre sowieso zwecklos, nach allem, was geschehen ist.

Nun gut, vielleicht sollte ich noch ein paar Dinge in Ordnung bringen, und vielleicht gebe ich dir dann noch eine letzte Chance, meine Entscheidung diesbezüglich zurückzunehmen.

Mir stockte der Atem. Was war das? Sollte das ein Scherz sein? Oder handelte es sich tatsächlich um das, was es zu sein schien: einen Abschiedsbrief? Ich starrte erst noch einmal auf den Brief, dann nahm ich erschrocken das Haus ins Visier. Irgendwo hier drin musste der Verfasser dieses Textes sitzen – möglicherweise völlig einer Depression verfallen und vielleicht gerade dabei, sich die Art und Weise seines herbeigesehnten Endes auszumalen. Ein nervöser Blick auf meine Armbanduhr bestätigte, dass ich inzwischen wirklich sehr in Verspätung war. Die Vorlesung würde in knappen fünfzehn Minuten beginnen und selbst bei idealen Bedingungen würde ich mit dem Bus mindestens eine Viertelstunde benötigen – der Weg in den Vorlesungssaal nicht eingeschlossen.

Ich steckte den Brief in meine Jackentasche und hastete zur Bushaltestelle. Auf dem Weg zur Uni überlegte ich fieberhaft, was ich tun könnte, um herauszubekommen, wer im Haus diesen Text verfasst haben könnte. Ich kam zu dem Schluss, dass ich meine Nachbarn tatsächlich zu wenig kannte, um sie diesbezüglich einschätzen zu können. Wie sollte ich also vorgehen oder besser gesagt, sollte ich in dieser Sache überhaupt vorgehen?

Der Bus hielt vor der Universität und ich musste meine Gedanken hierüber vertagen. Ich eilte über den Campus und betrat abgehetzt und so leise wie möglich den Vorlesungssaal. Als ich die Tür öffnete, starrten mich Dutzende Augenpaare an und der Professor hielt kurz mit seiner Rede inne.

Na, toll! Das hatte ich ja wieder einmal gut hingekriegt. Irgendwann werde ich noch einen Orden in Sachen »perfektes Timing« erhalten. Als Professor Dietrich fortfuhr, schlich ich möglichst unauffällig zu einem freien Platz in einer der hinteren Reihen. Mein Nebensitzer warf mir einen vorwurfsvollen Blick zu, schob mir dann aber seine Aufzeichnungen herüber, damit ich das Versäumte rasch kopieren konnte. Als ich am Ende der Stunde meinen Stift beiseitelegte, nahm ich einen tiefen Seufzer und hatte für den Moment die Sache mit dem depressiven Abschiedsbrief vergessen.

Ich fuhr mit dem Fünfuhrbus nach Hause und schleppte mich müde die Treppen hinauf. Eine Dachgeschosswohnung hatte nicht nur Vorteile, insbesondere wenn die Bauherren keinen Aufzug für das Haus vorgesehen hatten. Als ich etwas genervt meine Sachen in die Ecke der Garderobe warf und meine Jacke an einen Haken hängte, fiel mir der Brief wieder ein, den ich am Morgen in der Tonne gefunden hatte. Ich beschloss Giulia anzurufen. Nach zehnmaligem Klingeln legte ich auf und wählte Chris' Nummer.

»Hi, Chris, hast du mal eine Minute für mich?«

»Das scheint ja Gedankenübertragung zu sein. Habe auch gerade an dich gedacht!«

»Ach – wolltest du was Bestimmtes?«

»Ja, ich wollte wissen, ob du morgen Abend mit auf die Erstsemesterparty kommst«, fragte Chris.

»Erstsemesterparty?«, hakte ich verwundert nach. »Was wollen wir denn da? Darf ich dich daran erinnern, dass wir bald unseren Abschluss machen?!«

»Och, gegen ein bisschen frisches Gemüse ist doch nichts einzuwenden!«

Ich konnte mir lebhaft vorstellen, wie Chris gerade bis über beide Ohren grinste.

»Abgesehen davon, dass du überhaupt kein Gemüse magst!«, lachte ich lauthals.

»Oh, Süße! Dass du mich aber auch immer wörtlich nehmen musst! Natürlich spreche ich von hübschen Erstsemestern, die noch dringend einen erfahrenen reifen Kommilitonen an ihrer Seite gebrauchen können. Und du kannst gewiss sein – an Erfahrung mangelt es mir nicht!«

»Das würde ich auch niemals bezweifeln, mein Lieber!«, stieß ich hervor. »Und du würdest ihnen auch alle Prüfungsergebnisse und sonstigen Tipps zukommen lassen, nur um ihre Nummer eins zu sein, stimmt's? Chris, der Gott, zu dem alle Mädels aufschauen werden. Er kennt die Antwort auf alle deine Fragen und lässt sein schützendes Auge stets über seinen weiblichen Fanclub wachen. Nur eines hast du vergessen«, ich machte eine kleine Pause, »das alles zieht leider nicht bei mir!«, beendete ich meinen Satz pathetisch.

»Das wäre auch zu schön gewesen«, gab Chris gespielt enttäuscht zurück. »Also, was ist nun? Kommst du mit, um mich vor den unzähligen Verehrerinnen zu beschützen, oder hast du schon was Besseres vor?«

Ich überlegte. Eigentlich hatte ich für das Wochenende noch gar nichts ausgemacht. »Na gut, ich habe tatsächlich keine Konkurrenzveranstaltung im Blick. Und wie du schon sagst: Einer muss ja auf dich aufpassen!«

Wir lachten beide und unterhielten uns noch eine Weile über die heutige Vorlesung bei Professor Haberlein, der es mal wieder geschafft hatte, unsere vollste Aufmerksamkeit auf sich und seinen Unterricht zu ziehen. Die Ironie blieb uns dabei fast im Hals stecken. Bei manchen Dozenten wunderte man sich schon ein wenig über die doch sehr trockene, monotone Vorgehensweise.

»Sollte ich jemals Professorin werden, dann erinnere mich bitte rechtzeitig daran, mein Augenmerk auf die Studenten und ihre Fragen zu richten.«

»Versprochen«, meinte Chris. »Entschuldige, Lucy, ich muss auflegen. Auf dem anderen Apparat kommt gerade ein Gespräch rein. Vermutlich meine Mama. Sicherlich hat sie sich wieder aus der Wohnung ausgesperrt oder braucht meine fachmännische Unterstützung in Sachen Haustechnik.«

»Dann halt dich mal ran! Wir sehen uns morgen Vormittag und am Abend natürlich auch. Kann dich doch nicht mit so vielen Mädels alleine lassen!«

»Bis dann!«

Erst als Chris aufgelegt hatte, fiel mir wieder ein, dass ich ihn eigentlich deshalb angerufen hatte, weil ich ihm von dem Brief aus der Mülltonne erzählen wollte. Ich beschloss, die Angelegenheit auf Samstag zu vertagen. Es wäre vermutlich sowieso besser, weil Giulia sicherlich auch mit von der Partie wäre und wir uns dann gemeinsam Gedanken machen könnten. Sechs Augen sehen mehr als zwei und drei Gehirne konnten mehr Ideen hervorbringen als eines. In der Zwischenzeit konnte ich ja durchaus schon selbst über eine geeignete Vorgehensweise nachdenken. Es schadete schließlich nie, einen Plan zu haben.